——忘れたくない忘れられない物語

文・イラスト
山田ゴロ

やつるぎ村——忘れたくない忘れられない物語

目次

やつるぎ村
——忘れたくない忘れられない物語

富山
北
長野
東
空
ぼくんちは
貧乏で小さいので
見えない
稲葉山
ほんとうは
もっと遠くだ
八剣神社と
小学校は
このあたり
火の見櫓
役場
国鉄
おじいちゃんち
工場
中学校
愛知
南

世界の中心
ギャオー
滋賀
西
山のむこうに
長良川があって
雲はこっちから
わきあがってくる
水道山
伊吹山
遠いところ
銀杏の木
名鉄電車
境川の駅
町
町
町
名和医院
田んぼ
水門
コンクリートの橋
蛇池

プロローグ

遠くからながめていると、どんなにけわしい山も、その荒々しさが美しいとさえ思える。

そして、さらに遠ざかると、形も色もなくなり、やがて消え失せてしまう。

思い出とは、そんなものだ。

だが、消え失せたと思っていても、山は歴然としてそこにある。

脳裏のどこかに隠れてしまった思い出は、置き忘れられた荷物のように、いつまでもそこにあるのだ。


それは、ほんのちょっと昔のことである。

ぼくが生まれ育ったやつるぎ村は、岐阜市の南、濃尾平野の一角にあった。

西と東を鉄道に挟まれ、南は木曽川の流れ、北は国道21号線が走っている。

その向こうに金華山が見え、その頂には、斎藤道三や織田信長で有名な岐阜城がある。

土地の人間は、岐阜城などとは呼ばず、稲葉城と呼んでいた。

その風景は、日本のどこにでもあるような、田んぼや畑があるだけの平凡な田舎だったが、たった一つ日本中探しても絶対にないものがあった。

それが、ぼくだ。

世界の中心の文化は遅れていた

一九六二年。

やつるぎ村ではテレビのある家がまだ少なく、新聞さえとっていない家もあった。世界の動きはラジオを通じて把握していたが、そのほとんどが歌謡曲だったり、落語や漫才だった。

ぼくの家に、テレビがやって来たのは、この年だった。

学校から帰ると、家の前にトラックが止まっていて、はしごが屋根にかけられ、二人の男の人がアンテナを取り付けているのが、道の角を曲がった所から見えた。

「テレビや！　うちにテレビが来たんや！」

それまでは、見たいテレビ番組があると、あきこの家に行っていた。

「こんばんは。あきちゃん、テレビ見せて」

そう言って、訪ねていく。

百姓家の大きな玄関土間に、ぼくは立つ。

居間では、大きなテレビがついていて、ぼくの大好きな名犬ラッシーや、ミッキーマウスが踊っている。それも、テレビの前に座っているあきこの体に半分隠れていた。

あきこは「いいよ」とも「上がっておいでよ」とも言ってくれない。

ぼくは、背伸びをしたり、土間の縁に行ったりして、なんとか全体を見ようとするのだが、どうしても全体は見えない。

ぼくは、手に持った新聞紙で作った紙袋を差し出す。それには、テレビを見せてもらいに行くぼくに、母ちゃんが持たせてくれたお菓子が入っていた。

キャラメルが三粒。あめ玉が一粒。そんなものだった。

「あきちゃん。これ、あげる」

「あっ、ええのん。ありがと。ゴロちゃん、上がってきんせえ」

ようやく、土間から上げてもらえる。そして、テレビの全体が見える。

家に帰ると、母ちゃんが、

「どうやった?」

と顔をのぞき込む。

「うん。おもしろかったよ。あのね、ラッシーがね……」

そんなふうに気まずい思いを、これからはしなくて済むのだ。


テレビが家にやって来た日。

父ちゃんはいつもより一時間も早く帰ってきた。

そして、家族全員がテレビの前に正座して、父ちゃんがスイッチを引っ張るのを、まるでロケット発射のカウントダウンのようにして見守った。

ボォーンと電気の通る音がして、しばらくすると画面に四角い光が広がっていくのがわかる。

そして、音が流れ始め、画像が浮かび上がってくる。

思わず、家族全員で、拍手をしていた。

そうして初めて見たのは、アメリカ映画の『キングコング』だった。


ところがぼくにとって、そんなものよりもっと衝撃的なものが現れた。

『少年サンデー』や『少年マガジン』という週刊マンガ雑誌が発行されたのだ。

それまでにも、マンガ雑誌と言えば『少年』や『冒険王』といった、付録満載の月刊誌があった。

それはそれで、とてもわくわくしたものだったのだが、「続きマンガ」というのも魅力的だった。


週刊誌のスピードは月刊誌の四倍のスピードで、付録なんかなくてもよかった。

ところが、ぼくの家は貧しく、四十円もする雑誌を、週に二冊も買ってもらえるわけがない。

お正月のお年玉でさえ百円という時代だったのだから無理もない。


しかも、村には本屋などない。

本一冊買うにも、電車に乗って町まで出なければならなかった。

町に出ることなど一年に数回のことだ。おまけに、テレビは月賦だった。

こんなことだから、ぼくの世界の中心、やつるぎ村は文化が遅れていたのだ。

ところがりゅうじや、しんきちは、毎週「サンデー」と「マガジン」の二冊の本を買ってもらっていた。

二人とも、何人もいる兄弟の末っ子だったので、いつでもなんでも買ってもらえたのだ。

欲しいものが手に入らない。見たいものが見られない。

そんな時、人は心に、渇きを覚える。

マンガが読みたくて読みたくて仕方がない。

家に帰ってぼくは、

「なあ。こづかいもおやつも、なんにも欲しいって言わへんで、マンガの本を買ってちょ」

そう言って、母ちゃんのエプロンをつかんで頼んだ。

しかし、明日のお米にも困るようなことがある家に、そんな余裕などあるはずがなかった。

ぼくは、あきらめがつくまでイライラしたり、ぼうっとして、空をながめたりしていた。

それでもときどき、仕事からの帰りに、父ちゃんが『少年サンデー』や『少年マガジン』を買ってきてくれることもあった。きっと、無理をしたのだろうと思う。

姉ちゃんとぼくと弟が、一冊のマンガ本に三つの頭を寄せ合って、

「読むのが早い」

とか、

「なんて書いてあるの?」

などと言って、仲良くケンカして読んだ。

そんな中、ぼくのマンガ本の渇きは、ある日解消されたのだ。

それは、村に一軒あった床屋さんだ。床屋さんには、もともと待合いの所にマンガ本がいっぱい置いてあった。

しかし、それはもう何年も前からずっと置いてあり、子どもが読んでも少しも楽しめるものなどないのだ。

それが『少年サンデー』や『少年マガジン』を置くようになったのだ。

その頃ぼくは、三ヶ月に一度くらいの割で床屋さんに行かせてもらっていた。久しぶりに行った床屋さんで、「サンデー」や「マガジン」を見た時は、小躍りするくらいうれしかった。

自分の順番になっても、後の人に譲り、髪を切ってもらっている間も本を放さず、終わってからも、ずっと居続けてマンガを読ませてもらった。

そして、次からは、本の発売日に床屋さんをのぞきに行くようになった。

すると、いつも髪を刈ってくれるお兄さんが、

「ゴロちゃん。こっちに入り。マンガ読みたいんやろ」

そう言って、招き入れてくれた。

そこは、天国のようだった。

待合いのフカフカとした長椅子で、暑い時には扇風機の風に当たり、寒い時にはストーブの前で、ゆったりと本が読めた。

ときどき、客のきれた時には、お兄さんが、お茶やお菓子をくれたこともあった。

「ゴロちゃんは、大きゅうなったら、なんになりたい？」

「まだ、決めてへん。こんなにマンガが読めるんやったら、床屋さんでもええなあ」

「あほやなあ。もっとええもんになれや」

「なんや。お兄ちゃんは床屋さんが嫌いやの？」

「嫌いや」

意外だった。

「ほんなら、やめたらいいやん」

「やめられたらな。ほんだけど、やめたら行くとこあらへんねん」

横顔が寂しそうだった。


一日にあったことを、晩ご飯の時とか、寝る前の布団の中で、ぼくは必ず母ちゃんや父ちゃんに報告する癖があった。そうしなければいけないということではなく、そうすることが楽しかったからだ。

そうして一日のことを思い出すことは、日記をつけているようなもので、つまらないことは忘れてしまうが、重要なことは、いつまでも覚えていることができた。

いや、逆かもしれない。大切なことは忘れて、つまらないことばかりを思い出しているのだか

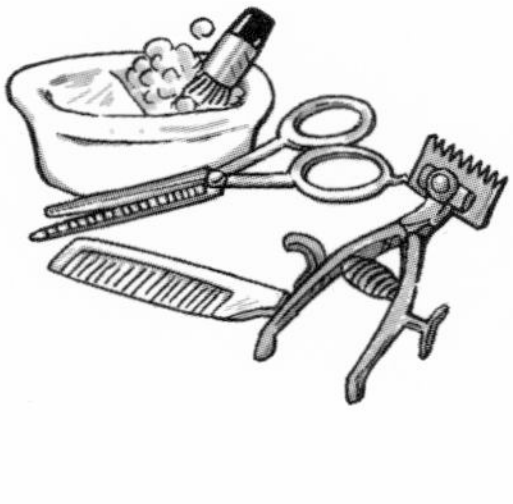

ら。もちろん、ぼくにとって都合の悪いことは報告しない。


その夜、父ちゃんといっしょに寝ていた。

「とうちゃん。とうちゃんは、郵便局が好きか？」

「ほやなあ……好きやな。なんでや？」

「今日な、床屋のおにいちゃんが言うとった。床屋さんが嫌いやって」

「ははは。そりゃしょうがねぇな。嫌ならやめりゃいいんや。

職業選択の自由っていうもんがある」

「ぼくも、そう言うたった。ほしたら、やめたいけどやめられんのやて」

「なんでや？」

「やめたら行くとこあらへんのやて。なあ、どういうこっちゃろ。

仕事やめたら、家をおん出されるんやろか。自分の家やのになあ」

「ほうか……」


父ちゃんはそのまま何も答えてくれなかった。

ただ深く息をして、考えているようだった。

ぼくも、どうしてだろうと頭の中で考えていたのだが、いつの間にか父ちゃんの腕枕で、眠ってしまった。


それからも、本の発売日の床屋さん通いが続いた。

お兄さんは、いつも気軽に本を見せてくれた。


そして、ある日のことだった。


「ゴロちゃん。そこに積んである本、欲しかったら持って帰ってもええよ」

それは、何ヶ月分もの「サンデー」や「マガジン」だ。

「ほんとに！　ほんとにええの！」

「ええよ。もう、だれも読まへんし、溜まっとるばっかりで邪魔や」


ぼくは、急いで家に帰って自転車で出直した。

そして、山ほどのマンガ本を自転車の荷台に積んで、鬼ヶ島から帰ってきた桃太郎のような気分で、家に帰った。

その夜は、父ちゃんも母ちゃんもいっしょに家族全員で、テレビもつけず夜遅くまでマンガを読みふけった。

ところが、次の週に床屋さんに行くと、お兄さんは、黙々と髪を切っていて、ドアの前でのぞき込むぼくの方を、なかなか見てくれない。
ぼくは、大きく手を振ったり、わざと足を踏みならしたり、サルの真似をしてみたりして、注意を引こうとしたのだが、まるで無視をされてしまった。

しばらくすると、床屋さんのおじさんが、ドアからヒョイと顔を出し、
「あのな、今日は忙しいで、マンガはあかんで」
そう言って、またバタンッとドアを閉め、シャッと白いカーテンを閉めてしまった。

それでもぼくは、ガラス越しにカーテンの隙間から店の中をのぞいたりしたが、相変わらずお兄さんは、客の頭と鏡ばかり見ていた。

次の日も、また次の日も、ぼくは中にも入れてもらえず、帰されてしまった。

そして、あほなぼくにも、それがどういうことなのか理解できた。
もう、マンガは見せてもらえないんだと。

ぼくがしょんぼりして家に帰ると、母ちゃんが内職のミシンかけをやめて、蠅帳の中から蒸かしたサツマイモを持ってきてくれた。そしてぼくの顔をのぞき込んだ。

「ゴロ。マンガ見してもらえたんか?」

「だめやった。もう見してもらえへんのやろか」

「ほうかもしれんな。もう、床屋さんに行ったらあかんよ」

「なんで?」

「あそこの兄ちゃんに、迷惑やでね」

「ぼく、迷惑かけてへんもん。おとなしゅう本読んどるだけやもん」

母ちゃんは、ちょっと困った顔をしていた。そして、

「あのな。あのお兄ちゃんのお母ちゃんが、継母なんや」

「なんや、ママハハって?」

「あそこに、双子の弟がおるやろ」

そう言えば、お兄さんには二人の弟がいた。弟は双子で、まったく見分けがつかないぐらいに、

よく似ている。

「床屋さんのおじさんは、再婚でお兄ちゃんは前の奥さんの子なんや。ほんだで、お兄ちゃんと、双子とは母ちゃんがちがうんや。後から来たちがうお母ちゃんのことを、継母っていうんや。わかるやろ。ゴロ」


お兄さんのお母さんが、本当のお母さんではないということはわかった。しかし、それでなんでぼくが、マンガを見せてもらえないのか。その因果関係が、ぼくにはわからなかった。


それから数日してのことだった。

学校の行き帰りには必ず床屋さんの前を通るのだが、ぼくは、母ちゃんに床屋さんに行くなと言われてからは、前を通っても中も見ないで過ぎていた。


その日も、床屋さんの前で足を速めると、後ろから、

「ゴロちゃん」

と声をかけられた。お兄さんだった。

お兄さんは、両脇にマンガ本をかかえていた。

「ゴロちゃん。これ、持っていき」

「えっ……」

「貸したるんや。読み終わったら返しにくりゃええよ」

そう言って、本を押しつけるようにしてぼくに渡すと、すぐに店に戻っていってしまった。

もちろん、ぼくはうれしくって飛ぶようにして家に帰った。


ぼくが本をかかえて家に帰ってくると、母ちゃんが素っ頓狂な声を上げた。

「ゴロ！　あんたって子は！」

「なんやの、おかあちゃん」

「アホッ！」

そう言いながら、ぼくの手からマンガ本をとりあげ、風呂敷に包み始めた。

「なんでこんなことするの。あんたはアホやけど、悪い子やないと思っとったのに」

「かあちゃん。ぼくなんにも悪いことしてへんで。その本借りたんや」

「うそまでつくんか」

もう、聞く耳ももたない。

こんな災難も日頃の行いのせいかもしれない。

「ほんまに情けない。情けないわ」

母ちゃんは、ぼくの腕をつかみ風呂敷包みを下げて、どこかへぼくを引きずっていく。

「かあちゃん、なんやて！　ぼく悪いことなんかしてへんもん」

とうとうぼくは、べそをかいてしまった。

そして、床屋さんの前まで来ると、この騒ぎにドアが開いて、おじさんとお兄さんと、ひげそりのシャボンをつけたままのおっちゃんが、出てきた。

すると、おじさんの前で、母ちゃんはいきなり土下座をしたのだ。

「すみません。この子が本を盗りました！」

「ええっ！」

おじさんも驚いたが、ぼくも驚いた。

「ゴロ、あやまりんせい！」

母ちゃんに引き倒されるようにして、ぼくもひざまずかされた。

こんなときに、人間の行動とは不思議なものだ。

ぼくは、心にもないことを言ってしまった。

「ごめんなさい。もうしません」

「ちょっと、待ってえな、奥さん。なんのこっちゃね？」


母ちゃんは風呂敷包みをパッと開いた。

「ゴロが、持ってきました。全部お返しします。どうか、許したってくんせい」

母ちゃんの声は、涙声だった。

「なんや、これ？　どういうこっちゃ？　これ、わしんとこの本か？」

おじさんの顔が、真っ赤になった。


するといきなり、お兄さんがぼくたちの間に入って言った。

「おとうちゃん、すんません。おれがゴロちゃんに、貸してあげたんや。ゴロちゃんが盗ったわけやあらへん」

「なんやて、ばかもん！　本は家の商売もんやぞ。おかあちゃんに、勝手なことすなと言われとるやろが！」

「すんません。すんません」

お兄さんも、母ちゃんの横に座ってあやまり始めた。

「ほれ、見い。ぼく、なんにも悪いことしてへんやろ。泣いてあやまって損したわ」

と、ぼくは母ちゃんに向かって、ぷうっとむくれて抗議をした。


しかし、そこでやめておけばよかった。

「頭痛いわあ。げんこつでなぐるんやもん。こんなことママハハでもせえへんで」

と、言ってしまったのだ。


瞬間、まわりが静かになった。


ぼくが顔を上げると、おじさんのさっきまで赤かった顔色が、さっと冷めていくのがわかった。

「浩二。かみそりを渡しゃ」

おじさんは、静かな声で、お兄さんから、かみそりを受け取った。

「すんません。今日はこれで店じまいします。明日の朝、一番に出直してもらえんやろか。代金は無料にさせてもらうで」

「ああ、ええよ」

シャボンをつけたままのおっちゃんは、タオルでシャボンを拭うと、急いで帰っていってしまった。

「奥さん、ゴロちゃん。立って。ゴロちゃん、なんも悪いことしてへん」

それだけ言うと、お兄ちゃんを立たせ、肩に手を置いて押すようにして店の中に入っていった。

「ほんとに、あほやなあ」

母ちゃんの手が上がった。

ぼくはなぐられると思って目を閉じたが、意外にもその手は、そっとぼくの頭をなでた。

風呂敷とマンガの本を、そのまま店先に残して、二人とも気が抜けたように、とぼとぼと家に帰った。


夜になって、家族でテレビを見ていた。

でも、何を見ていたんだか、さっぱり頭に入ってこない。

八時近くになった頃だった。床屋のおじさんがやって来た。

「山田さん。これ、ちょこっとやけど」

紙袋にお菓子が入っていた。

「本山さん。お茶入れますから上がってください」

父ちゃんと母ちゃんが勧めたのだが、本山さんはすぐに帰るからと、お茶も断り、玄関の上がり端の所に腰掛けた。


父ちゃんと母ちゃんが前に座ると、まず、母ちゃんが話し始めた。

「今日は、ほんとうにすんませんでした。ゴロが盗ってきたと思って……。それに、とんでもねえことをゴロが言いまして」

「話は、みつ子から聞いております。ほんとうに申し訳ありませんでした」

父ちゃんと母ちゃんは、深々と頭を下げた。


ぼくは、隣の部屋にいた。

ぼくは、なんも悪いことしてへんのに、なんであやまっとるんや。

そう思っていた。


「いやいや、ゴロちゃんはちっとも悪ないよ。悪いのはわしのほうやて」

えっ、なんで？

「ご承知のように、わし、再婚やねん。ほんで、浩二だけ、前の嫁さんの子でな……。今の嫁にしてみりゃ、おもろないんやな。なにかと、浩二に辛くあたるんや。すぐに浩二を叱りよる。わし、浩二がかわいそうになってな。なんとか叱られんようにと、注意してやっとったんやが、これが反対に、わしまで浩二を叱ることになってしもうたんや」

おじさんの声が、涙声になってきた。

「ほんで家ん中で、浩二だけ一人になってもうて、寂しかったんやろうなあ。ゴロちゃんと、仲良うしとったのは、知っとったんや。ありがたかったわ」

「あんなあほでも、役にたっとったんかいな。使いようやな」

ほめられてるのかなんだか、わけがわからない。

「マンガ本、あげたのも知っとった。わしも、別にええと思っとったしな。ところが嫁が、怒りおってなあ。『あの本は商売もんやぞ。勝手に人にあげたらあかん。こんなこと許しとったら、今に店のお金に手をつける』っちゅうてな」

「えろう、きびしいなあ」

「山田さんも、そう思いんさるか。ほんで、わしも今夜、今日あったことを話したったんや。

ほしたらな、突然嫁が泣き出しおってな。

『浩二は、わたしの産んだ子やあらへん。ほんでもわたしの子や。

孝や清とおんなじように育てたいんやけど、もっと立派に育ってもらわなあかんのや。

そうせな、あんたや前の奥さんに申し訳がない。

自分の子にだけ手かけて、他人の子はほったらかしやなんてできへんのや』

そう言うてのう。

それを聞いた浩二が、『おかあさん、ありがとう』言うてな……」

おじさんは、声をつまらせ、鼻をかんだ。


「えらく辛い思いしとりんさったんやなあ、奥さんも」

「そういうわけですわ。ゴロちゃんにも、悪いことしてしもうて。

今度からまた、マンガの本読みにきてえな。いつでもええよ」

それは、隣の部屋のぼくに聞こえるように、言ったのだろう。


「あっ、それから浩二はしばらく、知り合いの店で修業させることにしたん。

浩二のほうから言いよってな。家におったら、甘えがでるんやと。

ほんなら、遅うまですんませんでした」

そう言って、おじさんは帰っていった。

それからぼくは、天下御免でマンガ本を見せてもらえるようになった。古くなった本も、もらえるようになった。

母ちゃんは、このことを思い出すたびに、

「あほでもええわ。悪いことさえせにゃ」

と言ったが、ぼくは、あほもいやだった。

マンガ

金券

ABCD

母ちゃんが、靴下を縫製する内職をしていた。

ある日、母ちゃんに、

「ゴロ、武内さん（内職の元請け）の所に行って、先月の内職の給料をもらってきて」

って頼まれた。


武内さんちは、何度かお使いで行ったことがある。

隣町の笠松《かさまつ》を抜けて、柳津《やないづ》まで。

ぼくは、いつも新聞配達をしている自転車で、ギッコンギッコン出かけていった。

笠松の町を抜けるとき、

「おい、おい。ちょっと待て！」

と、おまわりさんに呼び止められた。


「その自転車、どうしたんや」

「ぼくのや」

「何言うとる。後ろに郵便局のマークがついとるやないか」

「そうやよ。ええやろ。おまわりさんは乗せたらへんのや」

「アホ。だれが乗せてくれ言うた。それ、どこの郵便局から盗ってきたんや」


それは、父ちゃんが勤めている郵便局の自転車だった。

郵便局では、毎年春になると、何台かの古い自転車を払い下げて、新しい自転車にする。父ちゃんは、自転車を欲しがったぼくに、それを五十円で買ってくれたのだ。

しかし、赤い色で、郵便局のマークをつけたままでは乗ってはいけない。だから、黒のラッカーで、父ちゃんが全体をペイントしてくれたものだった。


「盗ってきたんやないもん。おとうちゃんに買ってもらったんやもん」

「ウソこけ。自分で色を塗ったんやろ」

「ウソちゃうよ。ほんとやもん」

「ちょっと交番に来い！」

……すごく怖かった。ちょっと足がぶるぶる震えた。


こんな時、人間の反応はいっしょだと思う。

何も悪いことなんてしていないのに、逃げなきゃって思うのだ。


ガシャーーン！

ぼくは自転車を倒して、逃げた。

すると鬼のような形相で、

「コラァ！　待たんかあ！」

と、おまわりさんは、すごい勢いで追いかけてきて、ぼくの襟首をつかむ。

でも、ぼくのよれよれのランニングシャツは、手をバンザイにするとスッポリと脱げる。

上半身はだかになって、そのまま走った。

「こら、クソ坊主！」

まだ追いかけている。

ぼくは、八百屋さんに飛び込んで、店の中をぐるっと駆け抜けて、また道路に飛び出した。

すると、少し離れた前方に、いつも村にやって来る氷屋さんがリヤカーを引いて歩いてくるのが見えた。

「おじちゃーん、おじちゃーん！　たすけてぇ！」

「なんや、ゴロちゃん。どうしたんや」

ぼくは氷屋さんのズボンにしがみついた。

追いついたおまわりさんが、

「もう逃がさへんぞ！」

と、息をハアハア言わせてどなった。


「ちょっと待ったって。この子、知り合いの子やで」

「だれや」

ということで、氷屋さんが、ぼくの身分証明をしてくれた。

自転車のことは、ぼくが話した。

「なんや。そんならそうと、なんで早よ言わん」

「言うひまなかった」

おまわりさんは、さっきの顔とは全然ちがう顔をして、ニッキの大きな飴を二つくれたので、許してやることにした。


それからまた、ギッコンギッコンと自転車をこいで、柳津に向かった。


今ではどこをどう走って、武内さんの家に行ったのか記憶がない。

覚えているのは、そんなにも大きくない家の門をくぐると、無花果の木があって、玄関を入るとそこは家というより工場だった。靴下を編む機械が、何台もガシャコンガシャコンッと動いていてやかましい。


うちによく来る武内さんが、ニコニコして現れた。

「よう、ゴロちゃん。なんや、ベソでもかいたんか。汚い顔しとるで」

失礼な。

確かに、さっき、怖くてベソはかいたさ。

「ほな、先月分。お母ちゃんに渡しといてな」

そう言って、一枚の何かを渡された。

「おじさん、これ何?」

「小切手じゃ。このままお母ちゃんに渡してもええし、途中の信用金庫で、裏書きして判子押せば、現金にしてくれるで。

全部で二万五千円や。それは、現金と同じじゃやでな」

「なんや、わからへんわ」

「ゴロちゃん、あほやでそのまま、お母ちゃんに持ってき」

「うん、わかった」


賢いぼくは、それを半分に折って、ズボンのポケットに入れた。

そして、鼻をぐいっと右腕でぬぐって、男らしく家に帰ろうと思った。


ところが、信用金庫の所に来たとき、「裏書きして判子押せば、現金にしてくれる」って言葉を思い出した。

おもしろそうだな、試してみたいな。ほんでも判子持っとうへんでな、などと考えながら、なんとなくポケットに手を入れてみた。

あれっ？

ポケットをいくら探っても……ない。

もう一方には、ニッキの飴が一つ紙に包んで入っているだけ。

もう一度、ぐいっと深く手を入れると、半ズボンの裾のぼくのかわいらしい太ももの所から、ニュッと手が出た。

穴、あいてる。

その時のぼくの顔は、きっと南太平洋の珊瑚礁の海のように、紺碧の空を映したようだっただろう……（ゴロ、後日談）。

ぼくは来た道を、戻りながら捜した。

「現金と同じやでな」と言った武内さんの言葉が頭の中でグルグル回っていた。

当時、ぼくんちは借家で、一ヶ月の家賃が千円だった。

そんな時代の二万五千円だ。

それは多分、ぼくが一生かかって働いても、稼げない金額だ。

母ちゃんは偉いなあ。


一生懸命捜したけれど、見つからない。


母ちゃんは、夜遅くまで毎日毎日ミシンを踏んで、朝起きた時、ミシンの前に座ったまま寝てたことがあった。

細いナイロンの糸で、小指をシャッと切ったことがあった。

その指に包帯をしながら、

「始めっから、こうしときゃ指切らへんかったのになあ」

って笑ってた。


いろいろなことを考えながら、ぼくはオロオロ歩いて、いつの間にかポロポロと泣いていた。

大きな自転車を引っ張って、歩き疲れて、ぼくはとうとう道の端にうずくまって泣いた。

すると、どこかのおばちゃんが近づいてきて、

「ぼく、どうしたんやね。なに泣いとるんや？」

って聞いてくれた。

「お金、落とした」

「いくら？」

「二万五千円」

「なんやて、あんた、ドロボウでもしたんかね」

ぼくはそんなに悪党に見えるのかしら。一日に二回も、ドロボウに間違われるなんて。

ぼくが事情を話すと、

「ほんなら、すぐ交番行かないかんがね。届けとかんと、持ってかれてまうよ。おばちゃんが連れてったるで」

おばちゃんは、ぼくの自転車にぼくを乗せて、交番に連れていってくれた。

すると、なんということか、あのおまわりさんがいた。

「なんや、おまはん、さっきの子やないか」

顔なじみ。

やはり犯罪者は犯罪を繰り返すのか。イヤ、ちがう。

「ほうかあ。お金落としたんか」

「うん」

「どんなお金や？」

「あんね、ヒラヒラの一枚。武内さんが、信用金庫持ってってたら、お金に換えてくれるって言ってたんや」

「ふうん。武内さんやな」

「うん」

「金額はいくらや？」

「二万五千円。そんな大金、おまわりさん見たことある？」

「あるよ。これやろ」

そう言って、おまわりさんがヒラヒラと見せてくれたのは、ぼくが落とした小切手だった。

おまわりさんに言った。

「ドロボウ」

「アホ」

届けてくれた人は、だれだかわからなかった。

交番に連れていってくれたおばちゃんに、お礼に、おまわりさんからもらったニッキの飴をあげた。

おまわりさんには、もう二度とお世話になりませんっと言って家に帰った。

「何やっとったの。遅かったねえ。お金落としたんやないかと思って、心配しとったんやよ」

……さすが、母ちゃんである。はい、落としましたよ……とは言えず、

「おかあちゃん、ぼくカレーライス食べてえ」

と言ったら、

「ようわかったね。今夜はカレーやよ」

って。

小切手を一度落としたことは、秘密にしておいた。

金券は嫌いだ。

かかし

から。

「スケアクロウ」というと、ジーン・ハックマンやアル・パチーノを思い出すのは、還暦過ぎだ

スケアクロウの意味には、「案山子」っていう意味もあるけど、「みすぼらしい人」っていう意味もある。

映画は、後者のほうじゃないのかな。

日本でも、いろいろな所で案山子コンテストが行われるね。

子どもの頃に幼なじみの、りゅうじや、しんきちらと、案山子を作ったことがある。

といっても、木の棒を十字に縛って、それにワラを巻き付けたりして作っただけのちんけなものだ。

「つまらんなあ」

「ゴロちゃん、目玉つけたらどうやろ」

「そやなあ……それより服を着せたろか」

「あっ、それやったら、オレんとこにええもんあるわ」

そう言って、りゅうじが飛んで家に帰って、何か黒い物をかかえて、転がって帰ってきた。

「これならどうや！」

「ああ、ええんやねえの」

「ええ、ええ」


それは、りゅうじのお兄ちゃんの、学生服だった。


「ほんとにこれええの？」

「うん。お兄ちゃん、もう中学生やで、小そうなってこれもう着られへんもん」

「りゅうちゃん、着やへんの？」

「そんなお古、着いへんよ。それに、学生服なんか中学からやろ」

「あっ！」

「あっ！」

その時、りゅうじと、しんきちが、ぼくを見て、そして黙った。

ぼくは、親戚の家からもらったいとこのお下がりの学生服を着ていたからだ。

「ゴロちゃん……ごめん」

「ええよ、気にせんでも。ほんだけど、案山子に着せるのは、もったいねえな」

りゅうじの持ってきた学生服は、まるで新品のような物だった。

ぼくの学生服は、袖口は擦れて、糸が出ていて、両肘にも継ぎ当てがしてあった。

アルミのボタンは押しつぶれていたり、ポケットには穴が開いていて、指鉄砲をすると人差し指が飛び出した。

「あのなあ……こうせえへん。ぼくの学生服を案山子に着させて、その学生服をもらえへんかな」

「ええよ。交換しょっか」

そして、ぼくの服を着た案山子ができあがった。

ぼくらは、それを引きずって、りゅうじっちの田んぼの真ん中に立てて置いた。

「オレんちの、門番にしたる」

と、りゅうじも、ご機嫌だった。

家に帰ると、母ちゃんが、

「ゴロ、その服どうしたの⁉」

と、一番先に聞いた。ぼくは自慢げに、

「あのね、案山子と交換したんやよ……」

と、すべてを話すと、

「ほうかね。そりゃよかったねえ。りゅうちゃんとこへ行って、お礼言わなあかんね」

「うん」

「ほんでもな、ゴロ。これからはそんなことを、子ども同士で勝手にしたらあかんよ。盗ったと思われるかもしれへんし。

それに、ゴロが着とった服は、おじさんとこから頂いた服やでね。

頂いたもんは、大切にせなあかんやろ」

「この服やて、頂いたもんやろ」

「頂いたもんや……ほんでも、親切でもらったもんと、憐れんでもらったもんはちがうんや」

ぼくには、その差がわからなかった。

今なら、それは頂く自分の気持ちが、感じるものだとわかる。


「それとな、人の持っとる物を、欲しがったらあかへんよ。

欲しがったら、つろうなるよ。自分で稼いで、手に入るようになるまで我慢せな」

「ほんなこと言ったって、ぼく、子どもやもん。

おとなになるまでなんにも自分の物なんか、あらへんやないの」

「そやな……それは、お母ちゃんやお父ちゃんの責任やな。

ほんだけど、ゴロは世界中の何もかも、生まれたときから全部持っとるんやで。

裸ん坊で生まれてきたゴロが、最初に手に入れたんは、お母ちゃんとお父ちゃんや。

そのあとで、おばあちゃんから、『ゴロ』っちゅう名前もらったやろ。

ゴロの世界は、まだ小っせえけどこれからどんどん大きゅうなってく。

そのうち、手に持てんほどになる。

手に持てんようになったら、ポロポロ、ポロポロこぼれて、それが人のためになったらいいなあ。

どっちゃにしても、身に余るようなもんは、持てんっちゅうこっちゃ。

欲深になったらあかんよ」

自分の世界の話と、手に持ちきれなくなる幸せの話は、今でもこんなふうにして、ぼんやり覚えている。

そのあと、母ちゃんは暗い夜道、りゅうじの家にお礼に行った。

でも、帰ってきたときの母ちゃんの顔は、なぜか目がきつく、口をきいてくれなかった。

「みつこ、どうした」

ぼくらが布団に入ってしばらくしてから、父ちゃんと母ちゃんが話をしていた。

「うちら、京子がおって、ゴロがおって、信哉がおって、あんたがおって、仕事があって、毎日ご飯が食べられて、ほんでええよね」

「ほんでええ。みんな捨てられへんもんばかりやないか。

他に何が欲しいんや。欲しいけど、みんな捨てても、ええもんばっかりやろ」

「そおやよね。今日ゴロが、松下さんちの……お礼に行ったら……」

あとはボソボソとして、よく聞こえなかったけれど、父ちゃんが言った言葉を覚えている。

「うちは、ただの貧乏やない。清貧や」

「清貧」ってなんだろう。学校で先生に聞いたら、

「そりゃ、ゴロちゃんちのことやがね」

って教えてくれた。

だからぼくんちは、清貧です。


明くる日、学校の放課後、掃除当番をしていると、帰ったはずのしんきちが、血相を変えてぼくを呼びに来た。

「ゴロちゃん、たいへんや！　案山子が！　案山子が！」

超特急で田んぼへ行った。


田んぼの中の、ぼくらの案山子の前で、りゅうじが呆然と立っていた。


「どうしたのん?」

「これ見て……」

「なんや、これ！」

なんと、案山子の胸に、赤い色で「りゅうじ」と書かれた習字用紙が、細いシュロの紐でくくりつけられていて、そこにグサリと……カマが刺さっていた。

名誉のために、誤解されないために書いておくけれど、ぼくの母ちゃんの仕業ではない。

その後、何年かしてりゅうじの家は、りゅうじのために没落していき、今はどこでどうしているのかもわからないし、知らない。

そのことを一番喜んだ者がいる。

でも、その喜んだ者は、今、しっぺ返しをされているにちがいない。

手紙

伊吹山に、陽がかたむく頃……。

「ごはんよ～」という声で、ぼくたちはそれぞれの家に帰る。

おなかは、ペコペコだ。


ラジオをつけて、小さな電灯の下で、家族がみんなそろって夕飯を食べる。

一つの大きな皿から、おかずを分け合い、今日一日のできごとを順番に話して、みんなニコニコしている。

夕飯が終わると食卓はそのまま勉強机になり、お姉ちゃんは宿題を始め、ぼくはそのふりをする。

弟は、母ちゃんのひざで絵本を読んでもらっているが、もう目がトロトロとしていて、親指をチュウチュウと吸っている。

座敷では、おじいちゃんとお父ちゃんが、お茶を始める。

月をながめたり、掛け軸をほめたり……。ぼくは、茶菓子の羊羹のことが気にかかる。


「ゴロ、お茶を一服どうや」

ぼくにも、声がかかる。

「はい」

こんなときだけは、よい返事をする。きちんと正座をして、もてなしを受ける。

にがい……しかも熱い。でも、目的は茶菓子だ。


「ゴロ。もう一服どうや」

「もうええです。それより羊羹をちょうでえ」

「そうか、そうか」

おじいちゃんは、細い目をさらに細くして、自分の分の羊羹を懐紙に包んでぼくにくれる。

ぼくは丁寧におじぎをして、それを受け取り座敷を出る。

そして、勉強をしている姉ちゃんに、

「ほら、羊羹」

と言って、懐紙をひろげる。お姉ちゃんは、

「うん」

と言って、当然のようにして羊羹を食べる。

「ゴロはええねぇ。お茶を飲ませてもらって、お菓子も食べれて」

いつものお姉ちゃんのせりふだ。


おじいちゃんには十一人の子どもがいて、ぼくの母ちゃんは二番目で長女だった。おばあちゃんが、早く亡くなったので、下の子どもの面倒を、母ちゃんがみた。ぼくは、おじいちゃんにとって男の初孫で、顔もおじいちゃんに似ていることもあって、特別にかわいがってもらった。

ときどき、それがかえって煩わしいこともあったが、それより得をすることのほうが多かったのだ。


茶席は、ときどき論争の場となったり、相談所のようになったりする。

今夜は、百姓をやめて機織り工場を始めた親戚のおじさんが相談に来ている。

「宮田さんな。どうもおかしいんや」

「おかしいって、何が」

「仕事に身が入っとらん」

宮田さんというのは、父ちゃんが、おじさんに頼まれて世話をした工場で働いている女工さんだ。

機織り工場で働いている女工さんのことを、ぼくらはバッタンコと呼んでいた。いつも、バッタンコ、バッタンコッと動いている機械の前にいるので、そう呼んだのだ。

宮田さんは、明るくて、歌が好きでいつも歌っている。

でも機械の音のほうが大きくて、何を歌っているのかわからなかった。

公民館で映画会があると、ぼくとお姉ちゃんを連れていってくれた。

帰りは、眠くなったぼくをおんぶしてくれた。

母ちゃんとはちがう、いい匂いがしていた。

いたずらに、おっぱいをさわっても、

「こら、こら」

と言うだけで、それ以上は怒らなかった。


でも、お姉ちゃんが母ちゃんに話したので、母ちゃんには叱られた。

宮田さんのおっぱいをさわると、母ちゃんが怒る。なんとなく、納得のいかない気持ちだ。


宮田さんは、おじさんの家の離れが、寮がわりになっていて、三人の女工さんといっしょに住んでいた。

今思えば、みんな、中学を出たばかりぐらいの年だったのだろう。

なかなか、仕事が長続きしない。一年ともたないのだ。

そんな中、宮田さんは三年もいる。仕事もすべて覚え、おじさんもほとんど、宮田さんにまかせていた。


そんな宮田さんがおかしいって……。


「やっぱり、最近の子は、根性がないのう。わしが軍隊におったときはな……」

おじいちゃんの、戦争の自慢話が始まる。この話が始まると長い。

宮田さんのことは、いつの間にか話題からなくなっていた。

ぼくが、宮田さんの所へ遊びに行くと、宮田さんは必ず、

「ゴロちゃん、郵便受け見てきて。わたしに来てるはずやから」

と言う。

「だれから？」

と、聞くが教えてくれたことがない。きっと、いい人からなんだろう。

手紙の裏の住所や名前は、達筆すぎてぼくには読めなかった。

宮田さんは、ぼくにも見られないように背中を向けて、小さく開いてそれを読む。

ときどき、ため息をついたりする。


ところが、このごろ手紙が届かないのだ。

一週間に二通はあったのに、一週間に一通になり、三週間に一通になり、とうとう待っても待っても来なくなった。


「今日も、来とらへんね」

「ゴロちゃん。隠してへん？」

「ぼく、そんなこと、しいへんよ」

そんなことがあってから、ぼくはあまり宮田さんの所へ、行かなくなっていた。

宮田さんは、九州からの出稼ぎだ。

よくわからないけれど、宮田さんちには、お父さんとお母さんとお兄さん夫婦がいて、お兄さんは、前のお母さんの子どもで、宮田さんとはすごく年が違う。宮田さんは、そのお兄さん夫婦に、家を追い出されたのだと、父ちゃんたちは話していた。

あるとき、土手のタンポポの絨毯の中に腰をおろし、立てひざに腕をかけ、頭をたれた宮田さんがいた。

ぼくは驚かせてやろうと思って、後ろからそっと近づき、わっと声をかけた。でも、少しも驚かない。

「あほやね。影が映っとったと」

「なんや〜。つまらんな。何しとったん」

「なんでもなか」

ちらっと、にらんだ目に涙が見えた。

「なんや、泣いとったん」

「泣いてないわ」

「泣いとった、泣いとった」

「泣いてない。泣いてない」

そう言いながら、宮田さんはポロポロ涙を流し始めた。しまった、と思った。

宮田さんは、横に座ったぼくの肩をぎゅっとつかみ、したくちびるを噛みしめながら、怒ったような顔をして泣いていた。

ぼくは、何がどうしたのか、どうすればいいのかわからず、ただ困っていた。

「ゴロちゃん。この前はごめんな。手紙……もう来ないんよ。ずっと」

宮田さんの白い顔に、真っ赤になった目から透明なしずくが溢れていた。

「宮田さん。だれかのこと、嫌いになったたん？」

「わたしは、だれも嫌いになったりしないわよ」

「そんじゃ、だれかに、嫌われたん？」

宮田さんは、またぼくをにらんだ。

それから、肩でため息をつきながら、吐き出すように言った。

「なんでかな……わたしはだれも嫌いにならんのに、みんながわたしを嫌うんよ。兄ちゃんも、姉ちゃんも、わたしのこと嫌うんよ」


でも、それはちがう。

少なくとも、ぼくは宮田さんが好きだった。やさしくて、働き者の宮田さんが好きだった。

しばらくすると、宮田さんはタンポポを摘んで、冠を作ってぼくにかぶせてくれた。


その夜、ぼくは、あまりしゃべらないで夕飯を食べた。

カバンの中から、0点のドリルが発見された。母ちゃんは、物差しをふりかざして怒っている。いつ頭をぶたれるかわからないので首をすくめていたが、本当にぶつことはないとわかってきて、安心してお小言をちょうだいした。

ところが、お小言が終わったところで、

「もう、ええのん。やれやれ」

と、ぼくが言ったものだから、ついに物差しの角で、頭をバシッとたたかれた。半端じゃなく痛い。


「もう、おまえなんかうちの子やない」

「ほんなら、どこの子や」

「よその子や。出ていき」

そう言って、玄関までぼくを引きずっていって、夜の外へ放り出そうとする。

こんなかわいい子なのに、なんということをする親だろう。

「いやや。おれはここの子や。どこへも行かへん」

「あかん。出ていき」

「いやや、いややーっ」

ぼくは半べそをかきながら、母ちゃんと戦っていた。その時だった。

おじさんが、血相を変えて家に飛び込んできた。

「公平さ。ちょっと来てえ」

ただごとでないことがおじさんの様子でわかった。

「なんや？」

「ちょっとおかしくなったで、宮田さん」


父ちゃんは、おじさんとバタバタと出ていった。母ちゃんもついて出ていった。

ぼくもついていった。母ちゃんは、振り返りながら、

「あかん。ゴロ、帰り。帰って留守番して、宿題やっとき」

「そんなことしてられへん。天下の一大事や」

それは、宮田さんと映画会で見た「一心太助」の真似だった。


おじさんの家では、女工の二人とおじさんの家族が、庭から離れの中をのぞいている。

中から人間の声とも動物の声ともつかないヒイーとかキーとかいう奇声が聞こえてくる。

父ちゃんが、離れに近づき、

「宮田さん、わしや。落ち着け」

と、言いながら中に入ろうとした。すると、鋭い声で、

「あかん！　入ったらあかん。わたし、病気や。近づいたらうつるよ！」

「どんな病気や。病気やったら医者行かなあかん。入るで！」

ガラッと障子を開けたが、取り散らかった部屋の中にはだれもいない。

ぼくはおとなたちの間からそれを見ていたが、なにか妖気のただようような、ぞくぞくとしたものを感じた。

「どこや、どこにおるんや」

「公平さ。押入れの中……」

よく見ると、押入れが十センチほど開いていて、中からギョロギョロとした大きな目がこっちを見ている。

それは、何かに怯えているのか落ち着きがなく、近づけば飛びかかってきそうな危うさがあった。

父ちゃんが、腕組みをしながら、おじさんに聞いた。

「なんでこんなことに、なったんや?」

「九州の宮田さんの兄さんから、手紙が来たんや」

するとおばさんが、後ろから顔を出し、

「両親が亡くなったんやて。それも、一週間も前や」

「ほんなら、田舎に帰したらなあかんな」

「ところが葬式もみんな終わったから、おまえは帰ってこんでええって……」

「なんや、ひどい話やな」


さっき、ぼくは母ちゃんに家を追い出されそうになった。追い出されそうになっただけで、すごく不安になって、泣いて暴れた。

しかし、宮田さんは、ほんとうに家を追い出されてしまったようだ。


「とにかく、落ち着かせよ」

「宮田さん。宮田さん」

みんなで、呼びかけるが宮田さんは、押入れから出てこない。

まわりの家からも、何事かと人が集まり始めた。

「なんで、引きずり出さんのや」

「かみそり、持っとるらしい」

「水でもかけたらどうやろ」

これでは、まるで追いつめられた犬のようだ。

「警察、呼ぶか?」

「そやなあ。いつカミソリが出てくるかもわからんし、自殺でもしよったら事やしなあ」

そんな相談が、三十分も続いた。


「ゴロ、家に帰っとき。明日、学校があるやろ」

「うん……」

「ゴロ、帰れ!」

父ちゃんの厳しい声で渋々帰ろうとした。そのときなにげなく、郵便受けをのぞいた。

「あっ! 手紙来とる」

ぼくは、それを取り出し宮田さんの所へ向かった。


「ゴロ、何すんのや。あぶないで」

「アホや、こいつ」

おじさんたちに引き戻されたが、この手紙はどうしても渡さなければならないと思った。

「宮田さん。手紙来とったよ！　宮田さん！　宮田さん！」

ぼくは、手紙を押入れの方に投げた。

すると……押入れがスッと開いて、中から乱れた髪の宮田さんが、四つん這いのまま出てきた。

そして、丁寧に封を切るとクルリと後ろを向いて、だれにも読まれないように小さく開いて読み始めた。

みんなジッとして動かない。


しばらくすると、宮田さんの小さな肩がひくひくとなって、手紙を胸に抱きしめて泣き始めた。

「わーっわーっわーっ」

と声をあげて泣いた。父ちゃんが、そっと近づいて、

「ええか。病院行こか」

と、たずねると、こっくりとうなずいた。


病院へ行くためのおじさんの車が着くまで、ぼくは宮田さんの横にいた。

母ちゃんは、宮田さんの髪を手でなでつけて、まるで子どもをあやすようにしていた。

「宮田さん。あん人からか？」

宮田さんは、何も言わず、こっくりとうなずいた。それから、

「ゴロちゃん。わたし、帰るとこなくなってしまったん」

「なんで？　ここに帰ってきゃええやん」

「ここは、わたしの生まれたとこ、ちがう」

そしてまた、さめざめと泣き始めた。


「なんで泣くん」

母ちゃんが聞いた。

「おばちゃん、胸に穴が開いとるん。もう、なんにもなくなったん」

「せつないねえ……」

「わたし、生まれてこんほうが、よかった」

「何言っとるの。そんな子どもは、一人もおらへんよ。

だれも不幸になるために生まれても来いへんし、不幸になろうとする人もおらへんやろ」

「……そうやね。そうやね」

宮田さんは、自分に言い聞かせているようだった。

宮田さんが、病院へ連れていかれたあと、押入れの中を見ると、行李にいっぱいの手紙があった。

どれも、遠いふるさとからのあの人の便りで、「がんばれ。会いたい。がんばれ」と、何度も何度も、書いてあった。

そして、ぼくが届けた最後の手紙には、「迎えに行くよ」と、たった一言書いてあった。

宮田さんは三日間入院して、そのまま九州に帰ってしまい、二度と会うことはなかった。

ぼくの家は貧乏だったけど、たった一つの電灯の下で笑顔を交わすあたたかい家族だった。

開かずの間

雨が降っている。

家の中は、万国旗のように、洗濯物のパンツやシャツがぶら下げられて、その湿気でタタミまでじっとりとしている。

洗濯物が乾かないので、

「あまり濡らさんといて」

と、母ちゃんが嘆いている。

日本中、びしょ濡れなんだ。傘をさして、だれかの家に遊びに行こう。

ぼくは、長靴を履いて外に出た。

アメンボ発見!

道路にできた水たまりの前で、傘をさしたまま、うずくまった。

「おい、何しとる?」

いきなり、後ろからひろつぐに声をかけられた。


「アメンボ見とる」

「アメンボ……あっ、ミズスマシか」

「あほやな、ミズスマシとアメンボはちがうよ」

そんなことも知らんのかと、ぼくは自慢げに、

「アメンボは、飴の匂いがする虫で、水面に浮かんでスイスイ動いちょる。ミズスマシは水の中に潜っていてケツに空気の泡つけて浮かんできよる」

「ゴロ、そりゃちがうわ。水の中におるのはマイマイや」

「だから、ひろちゃんはあほじゃ。

ミズスマシもマイマイも、みんな同じもんや。アメンボはアメンボ。

ミズスマシはミズスマシや」

「ふうん。なんや知らんけど、むずかしいな」

「あほにはな」

これでも、ぼくより二学年も上だ。


「ゴロ、どこ行くん?」

「どっこも、決めてへん」

「ほんなら、あきこのとこへ行かへんか。しんきちも、りゅうじも呼んでこい」

「うん」


このひろつぐが、中学生になるまで、ぼくらのガキ大将だった。ただ、こいつは勉強がまったくできない。

そのくせ、つまらんことや、くだらんことは、だれよりもよく知っていて、ぼくらは、ときどきこのバカタレの手先にされて、いろんないたずらをした。

そして、そのいたずらは、ぼくたちによって、もっと年下のガキんちょたちに伝えられ、伝統となっていく。


「ひろちゃん。あきこんとこで何するん?」

「開かずの間を、開けたるんや」

「そりゃええ考えや。ほんでも、ばれたら、おじさんに叱られるで!」

「おれに、ええ考えがあるんや」

そんなはずはない。バカが考えることはバカなことばかりなのだから。

あきこの家は、ぼくの家の大家さんで、長女のあきこは、ぼくや、しんきちたちとも同級生だった。

「あきちゃん。あ・そ・ぼ！」

そう言って、返事も聞かず、承諾もなく、ズカズカとぼくらは家の中に上がっていった。

家に上がって、すぐ右の部屋……。そこが、開かずの間だ。

ぐるりを板でできた襖で囲い、どの襖にも上と下を五寸釘で、びくともしないほどに打ち込んである。そして、柱と襖には、はし渡すようにして、お札が何枚も貼り付けてあった。

ぼくらは、何度も襖と襖の隙間から中をのぞいたが、真っ暗で、何があるのかさっぱりわからなかった。

ひろつぐは、この部屋を開けるというのだが、それはおとなでも無理だろう。

封印
封印
封印

あきこの部屋は、二階の一番奥にある。あきこは、妹のみかことマンガの本を読んでいた。

「なんやの、みんなして？」

「あのな、ひろちゃんが開かずの間開けるんやて」

「あかん、そんなことしたら」

「だいじょうぶやて。だれにもわからへんように開けたるで。ついてこい」

そう言って、ひろつぐは、ぼくたちを引き連れて部屋を出た。

そして、二つ先の部屋を開けた。そこは、箪笥や行李が積んであり、物置のようになっていた。

部屋に入ると、ひろつぐはタタミをドンドンッと踏みならした。

「ちょうどここらへんやな」

「何がちょうどやの？」

ぼくらは、ひろつぐが、何を考えているのかわからなかった。

「ちょうどこの部屋の下が、開かずの間や」

「あっ!」

そうだ。ぼくらはその真上にいる。

「みんな手を貸せ。タタミを上げるぞ」

「うん」


しかし、そう簡単にはいかない。指でタタミのヘリを引っ掻くぐらいで、全然、動かない。

「あきちゃん。物差しあるか」

「うん、あるよ」

あきこは、自分の部屋から一メートルの竹の物差しを持ってきた。

「開けてはいかん」

ということなど、忘れてしまったのか、好奇心のほうが完全に勝っているようだ。


ひろつぐは、タタミとタタミの間に物差しを差し込み、ぐいっと力を入れた。しかし、竹がしなって、バキッと折れてしまった。

でも、短くなった物差しのほうが使いやすい。タタミのヘリが持ち上がり、すかさずぼくらが指を入れて、「せいの」で持ち上げた。

タタミの下に敷かれていた新聞は、かなり古い物で、時代を感じさせた。その新聞紙をどけると板があった。板は、他のタタミや簞笥の重みで動かない。

もう一枚、タタミを上げた。こんどは、板を横にずらすことができた。

その隙間に、ぼくらは頭を寄せ合い、下をのぞいた。

しかし、天井板がまだあった。


ひろつぐは、短くなった物差しを天井板の継ぎ目に当てて、グイッと引いた。

その途端、空気がシュッと、下の開かずの間に吸い込まれたような気がした。

そして、次の瞬間、反対に下から生暖かい空気が、シュッと吹いて、のぞき込んだぼくたちの髪の毛が、逆立つようになびいた。

カビくさい臭いが、部屋の中に充満した。


「何か見えるか?」

「うん」

「何が見える?」

「ひろちゃん、自分で見りゃええが」

「アホ。おまえらが見て報告せえ」

本当は、のぞくのが怖いんだろうと思った。

見えるのは、光の当たった所だけだった。

赤茶色の箪笥が見える。ほこりを被っている。

その横に白い着物……いや襦袢のような物が衣紋掛けに掛けられている。動いた空気で舞い上がったのか、肩のところは、ほこりを被って、上から差す光にキラキラしている。

そして、真下には仏壇の前に経卓が置いてある。

その上には、干からびたご飯と、湯飲み茶碗、箸、線香立てなどが見える。

うっすらと見えている板の襖の裏にも、いっぱいお札が貼ってあった。

知らぬ間に、だれも何も言わなくなっていた。

やたらと汗が吹き出てくる。気持ちがフワフワとして宙を舞っているような感覚だ。これ以上、下をのぞき込むと、フワッと引き込まれそうで怖い。

「はよ、閉めよ」

「うん」

それには、だれも反対しなかった。

ホコリだらけになったズボンをパンパンはたきながら、あきこの部屋に戻った。

「ええか。おれらだけの秘密やぞ。だれにも言うなよ」

「言わへん」

「ぼくも言わへん」

こうして、ぼくらは、何かをする度に秘密が増えていく。

その夜は、なんとなく夢を見そうで怖くて、なかなか寝つけなかった。

雨がビショビショと降り続いていた。

明くる日、学校に行くと、あきこがやって来た。

「ゴロちゃん……どうしよう」

「何？　なんかあったか？　あっ、おじさんにばれたんか！」

「ちゃう。あのな……」

あきこの顔色が、心なしか白い。

「おとうちゃんが、夕べから、すごい熱を出しおったん」

「病気か？」

「ちがう。今朝はもう元気やったもん。ほんでもな……きっと、あれは祟りやわ」


祟り！


それを聞くのは、これで二度目だ。

しかも、一度目もあきこの身の上に起きたことだった。

ミミズにオシッコをかけて、微妙なところが腫れ上がり、あきこが男になりかけた時だ。

「なんの祟りや？」

「わからへん。

ほんでもな、ゆうべ寝とったら、みかこがオシッコに行くからついてきて言われたん」

田舎のトイレは、外にある。一度玄関から庭に出なければならない。

二人で、階段を下りて暗い廊下を抜けて、玄関から外へ。そして、トイレを済ませて、家の中に戻った。また暗い廊下を突っ切って、二階に上がろうとした時だった。
ギシッ、ギシッと、だれかが階段を下りてくる足音がする。
しかし、あきことみかこ以外に、二階を使っている者はいない……。

「だれ？」
あきこが声をかけた。
すると足音は、ぴたりと止まった。
二人でそっと階段に近づいて、上を見た。
だが、そこにはだれもいない。
確かにだれかが下りてくる気配と、足音がしたのに……。

その瞬間だった。

二人の髪の毛が、生暖かい風を受けて、後ろにサアーーッとなびいた。
そして、今度は二人のすぐ後ろの廊下から、ギシッギシッと足音だけがし始めたのである。

確かに、気配がある。

あきことみかこは、知らない間に震えながら抱き合っていた。

足音は、廊下の途中でぴたりと止まった。父親と母親が寝ている部屋の前だ。

そして、いきなり、

「あんた、どうしたの⁉」

「う〜〜〜っ！　う〜〜〜っ！」

という、父親のうめき声が聞こえてきた。

「おとうちゃん、おかあちゃん、どうしたの⁉」

と、障子を開けると、父親が真っ赤な顔をして白目をむいて立ち上がって唸っている。口からは、泡を吹いている。

「しっかりしんせい！」

母親が力ずくで、布団の上に押さえ込んだ。そして、父親は、そのまま朝まで高熱を出して唸り続けたというのだ。

「ゴロちゃん、どうしょう。きっと、開かずの間、開けたからやわ」

「……ほうかもしれんな。でも、どうしょうもないやろ。タタミはもとに戻しといたんやで」

「ほんでも、きっと、その時に抜け出たんやない？」

「何が？」

「何かが……」


その何かがわからない。

ぼくらがのぞいていた時には、何もなかった。


そんな話をしていると、りゅうじとしんきちが、血相を変えて飛んできた。


「ゴロちゃん。たいへんや！」

「なんや？」

「あのな、ひろちゃんとこのおばさんが、おかしくなった！」

「なんやと！」


夜中にひろつぐの母親が、突然大きな声で歌を歌い始めたのだそうだ。みんなが止めても、歌い続けた。そして、ダンスを踊っているかのように、クルクルと部屋の中を回り始めた。

明け方近くになって、疲れ果てたようになって眠ったのだそうだ。

……もうこれは、祟りでしかない。

今度は、ぼくの家で何かが起こるのかもしれない。

学校から帰ると、すぐに母ちゃんに、

「かあちゃん。なんともねぇか？」

と、たずねた。


「なんやの。またなんかやったんか？」

「うん……。あのな、あきちゃんとこの開かずの間、ひろちゃんたちと開けたんや」

「なんやて！　アホやなあ！」

そう言うと、ぼくの腕をグイッとつかんだ。


これから、あきちゃんちにあやまりに行くと思った。

ところが、母ちゃんは、そのままぼくを仏壇の前まで引っ張っていったのだ。

そして、ロウソクを灯し、線香に火を点けた。

「ほれ、仏さんにお願いしんせえ」

「何をお願いすんの？」

「あんた、守ってもらわな、命取られるで！」

母ちゃんの声は、静かだったけど、真剣だった。

ぼくは手を合わせて、目を閉じた。でも、何をどう祈ればいいのかわからない。


チーン、チーンと、ご鈴が鳴った。横で母ちゃんが手を合わせている。


「どうか、この子を守ってやってくんせえ。代わりに、わたしの命を、お預けします」

母ちゃんが、そう声に出した。

「かあちゃんの言うとおりです。よろしくお願いします」

と、ぼくが言うと、パシッと平手が後頭部に飛んできた。


「あほやな。こんな時は、『ぼくが悪いんです』とか『ごめんなさい』って言うんや。

何が、かあちゃんの言うとおりじゃ。親殺し！」

「ほんだけど、かあちゃんが言ったやないか」

「そう言っとかな、仏さんかてやる気でんやろ」

まったく罰当たりな親子だったと思う。

しかし、このことが効いたのか、ぼくにも家族にも、何事も起こらなかった。

りゅうじの所では、おじさんが建築現場の足場から落ちてケガをした。

しんきちの所では、おばあさんが死んだ。寿命で。

あきこの所では、毎晩のように足音が家中を駆け回るようになった。

そして、とうとうバレた。

しばらくして、坊さんが呼ばれて、御祓いのようなことをしたらしい。

ぼくらは、おじさんに叱られることはなかったが、御祓いの日に、りゅうじの所も、しんきちの所も、ひろつぐの所も、そして、ぼくの母ちゃんも呼ばれていった。

開かずの間は、開けずの間である。

花

春は、森の白いこぶしの花でわかる。墨絵の村に、ほんのりと淡い色と花の香りがきびしい冬の終わりを告げる。

ぼくらは、レンゲ畑で相撲をとったり、しろつめ草を編んだり、つくしを摘んだりと、じっとしていられない。

村の、どこもかしこも花が咲く。土手やあぜには、たんぽぽの黄色い絨毯が続き、ところどころにオニアザミが、うすむらさきの帽子をもちあげている。

夏には、入道雲より高く、ひまわりがぼくらを見下ろす。色とりどりの朝顔が、それぞれの家の生け垣にからんで美しいモザイク模様を作り出す。

ぼくは、カンナの花が大好きだった。大きな深い緑の葉と真紅の花が力強い。

よく、学校に花を持っていった。先生の教卓に飾ってもらうためだ。

何人もの生徒が競うように持ってくると、教室は花でうもれる。

写真を飾ればすぐに葬式ができるぐらいだ。


ぼくは、ハチという犬を飼っていた。

小学校三年の時から新聞配達をしていたが、ハチは、新聞配達の途中で、自転車のあとをついてきてしまった迷い犬だ。

追っても追ってもついてくるので、とうとう家まで連れてきてしまった。

それで、母ちゃんに頼んで飼ってもらうことになったのだが、二日ほどすると本当の犬の飼い主が捜しに来て、ぼくが学校に行っている間に連れていってしまった。

なんでも、血統書がついていて、高いお金を出して買った柴犬だそうな。


しかし、また数日後、ハチは首からヒモをぶらさげたまま、ぼくの家に戻ってきてしまった。

ぼくはうれしくて仕方がなかったが、母ちゃんは、

「返さなあかんで」

と言って、ハチを引っ張っていった。


ところが、しばらくすると、ハチだけがヒモをぶらさげたまま、また戻ってきた。

あとから、母ちゃんが息を切らして帰ってきて、

「ゴロ。ハチ、もらったで。もうあんたのもんや」

と言った。


ハチの脱走は一回じゃなかったのだ。

ぼくが学校に行っている間に、何度か戻ってきていたらしい。

母ちゃんが、そのたびに返しに行っていたのだが、とうとう元の飼い主もあきらめたらしく、

「よっぽどゴロちゃんが、気にいったんやろね。あげるわ」

と言って、くれたのだそうだ。


ハチは元気のいい犬で、玄関の土間に、いくつも穴を掘った。ぼくが学校から帰ると、立ち上がって顔中なめまわした。

その頃の田舎では、犬を散歩させるなんて間抜けなことはしない。首輪からヒモを解いて放すだけだ。他の家の犬と集団を作り、勝手に遊んでいる。

夕方、お腹が空くころに、エサの器を木の棒でたたきながら、

「ハチ〜〜〜！」

と呼ぶと、遠い畑の中から砂煙を立てて、ハチが爆走して帰ってくる。

夜は、玄関に置いた箱のような小屋に毛布を敷いて寝る。ぼくは何度か、ハチに泊めてもらったことがある。

ハチのにおいは、汗のむせたようなにおいだったが、それがとても気持ちよく、今でも忘れられない。


しかし､近所で犬の病気が流行り､ハチにもうつってしまった｡ジステンパーという病気だった｡

ハチは、ハアハアと息苦しそうに舌を出していたが、ぼくが近づくとしっぽをふって、足下にすりよろうとする。

「もういいよ。もういいよ。ハチ。はやくいきな。はやく、楽になりな」

ぼくが頭をなでてやると、ぼくの顔をなめようと、一生懸命に鼻面を近づけてくる。

それが「大好きだよ、ゴロちゃん」て言っているようで、ぼくも顔をこすりつけてやった。


ものが言えない動物は、かわいそうだ。

痛いとも苦しいとも言えぬまま、ぼくが、ほんの少し目を離したすきに、だれにも看取られず旅立っていった。

母ちゃんが、ぼくにスコップを持たせて、

「どこでもいいから、埋めといで。掘り起こされんとこにせな、あかんよ」

と言った。

はじめは近所の畑にしようと思ったが、お百姓さんが畑を耕していて、ハチが出てきたらびっくりするだろうと思ってやめた。川の土手にしようかと思ったが、あんなにジメジメした所では、ハチがかわいそうだと思ってやめた。


家からまっすぐ歩いていくと、T字に交差する細い農道がある。そこは、いつもぼくが新聞配達で通る道だ。それで、最後はその交差する道のど真ん中に埋めることに決めた。

ぼくはスコップで墓穴を掘りながら、ぽろぽろと泣いた。

もうハチと遊べない。もうハチの声が聞こえない。あのくりくりとした、やさしい目を見ることができないのだ。


土に埋めるとき、何もないのがかわいそうで、ぼくは、花をいっしょに入れてやろうと考えた。

近所で花のたくさんある家は、境田さんの家だ。

ぼくが庭に入っていくと、おばあちゃんが土間の方から顔をのぞかせ、

「あれ、ゴロちゃん。なんやの?」

とたずねてきた。

「花一輪、ちょうでぇ」

「ええよ。花なら、ばあちゃんが切ったるで、どれがええ?」

名も知らないいろいろな花があった。

ぼくが迷っていると、

「何に使うん?」

と、聞かれた。

「葬式や。おれの犬が死んだで、ほんで花を添えたろうと思ったん」

「そうか……それやったら、これがええかもしれんよ」

おばあちゃんが選んでくれたのは、青いかわいい花だった。

「これ、なんていうの」

「わ・す・れ・な・ぐ・さ」

「わすれな草」

ぼくの気持ちにぴったりで、ハチにもよく似合う。

おばあちゃんはパチパチと木ばさみで切って、輪ゴムでとめて、小さな束にしてくれた。

ハチは、わすれな草になった。


花をくれた境田のおばあちゃんには、二人の孫がいた。

二人とも女の子だったが、名前を覚えていない。二人の名を呼んでも仕方がないからだ。

なぜなら、二人とも耳が聞こえない。ぼくも、いっしょに遊んだ覚えがない。

両親は、昼間は田畑で働いている。

だから二人は、おばあちゃんに育てられたといってもいい。

学校へも行かず、字や算盤、炊事、洗濯、すべておばあちゃんが教えていた。

二人を連れて、おばあちゃんが散歩をするところを何度も見かけたものだ。


ある、春の日だった。

おばあちゃんが、死んだ。あっけなく、眠ったまま逝ってしまった。

葬式は村をあげての祭りのようなものだ。隣近所の人たちが、あれよあれよと言う間に、手伝って準備をしてしまう。

父ちゃんも、母ちゃんも葬式の手伝いに行った。ぼくは、ちょっとだけ正装して、父ちゃんたちといっしょに、見よう見まねで焼香をさせてもらった。

ところが、最後の別れのとき、あの二人の姿が見えない。

どこかで泣いているんだろうか。それとも、死の意味さえわからないんだろうか。


みんながそんな話をしているときだった。

家の二階から二人が、何かをかかえて、にこにこして下りてきた。みんなは、どうしたんだろうと二人の様子を見ている。

すると、胸にかかえていたものを、二人は棺桶に入れ始めた。

それは、習字の紙で、何枚も何枚もていねいに、

おばあちゃん　ありがとう　おばあちゃん　ありがとう
おばあちゃん　ありがとう　おばあちゃん　ありがとう
おばあちゃん　ありがとう　おばあちゃん　ありがとう
おばあちゃん　ありがとう　おばあちゃん　ありがとう

と、書いてあった。

物言えぬ二人の精一杯の感謝の気持ちだったのだろう。

ぼくは、あの日のハチを思い出した。そして、たまらなくなって外へ出た。

ぼくだけではない。ほかの、おとなたちも、目頭を押さえて外へ出てきた。

そのとき庭の隅に、わすれな草があった。ぼくは、むしりとるようにして、それを摘むと、また棺桶に行き、おばあちゃんのまわりに置いた。

あれから、何度も春がめぐってきたが、今もあの庭に、わすれな草は、あるのだろうか……。

ハチ

注射針

ぼくは、子どもの頃から大病をしたことがない。風邪や熱にも強い。友達や姉弟がインフルエンザなどでバタバタと倒れていても、ぼくは平気だった。たとえ、うつって熱が出たとしても、元気に外へ遊びに行けるほどだった。

親は、

「バカは風邪をひかん」

と、ぼくを見ては、つくづくと言っていたものだ。

それに引き換え、一つ違いのお姉ちゃんは、赤ん坊の頃から弱く、何度も死にかけた。

ある年の夏、お姉ちゃんは微熱が続き、父ちゃんは仕事を休んで、自転車で隣町の氷屋と家の間を何度も往復した。医者は、首を横に振り、だれもがもうダメなのだと思った。

母ちゃんは、ただ、お姉ちゃんの手をにぎり、涙をポロポロと流していた。

ぼくは、お姉ちゃんの枕元に座って、何度も額のタオルを取り替えていた。


「なんとかならんなぁ、先生」

「あかんなぁ……もっと栄養がついとったら、体力もあるんやが……」

「栄養って？　何をやりゃええの？」

「そやなあ。りんごでも擦って食べさせられりゃ。ほんだけど、もうあかんわ」

それだけを言い残して、医者は帰っていった。

母ちゃんは、

「京子、京子。ごめんよ。京子」

そう繰り返していた。

すると、父ちゃんが突然、

「よし。りんご買ってくる」

「何言っとりゃぁす。夏やで。りんごなんかあらへんわ」

「さがす。どんなことしても、さがす」

そう言って、家を飛び出して行ってしまった。

どれぐらいたっただろうか、父ちゃんが汗だくになって帰ってきた。

手には、りんごが二つあった。

今なら一年中りんごがあるが、当時、季節でもない果物を手に入れることなど、不可能に近いことだった。きっと、苦労して探したのだと思う。

父ちゃんの目はくぼんでしまい、足の親指の爪は、はがれて血が出ていた。

「あったで。あったで。京子」


母ちゃんは、ものすごい勢いで父ちゃんからりんごを受け取り、おろし金でりんごを擦った。それを小さなスプーンにすくい、熱で腫れたお姉ちゃんの口に運んだ。

でも、お姉ちゃんには、もう自分で口さえ開ける力がなかったのだ。

「京子。口開け。父ちゃんが買ってきてくれたで。ほれ」

しかし、スプーンのりんごは、口元から頬に流れていき、一滴も口の中には入らない。

「すまんな。こんなものが京子の最期の食になるやなんて。すまん」

父ちゃんが手を合わせ、そう言った時だった。

「父ちゃん。京子が！　りんご飲んだで！」

「飲んだか！　飲んだか！」

奇跡というものがあって、それを見ることができるとしたら、それがその時だったのだろうと、今でも思う。


コップに半分ぐらいを飲んだところで、お姉ちゃんが、

「ゴロも、食べ」

と、言ってくれた。

ぼくはすごく食べたかったので、一瞬心の中でスキップをしたのだが、

「あかん。これは、京子のごはんや。ゴロ、あかんで」

と、父ちゃんに言われ、諦めた。

リンゴのおかげでお姉ちゃんは快復し、医者も驚いていた。


大きくなって、この話を家族ですることが何度かあった。

父ちゃんは、

「高かったで。あのりんご。一個五百円もしたんや」

郵便局員であった父ちゃんの当時の給料が七千円ぐらいの頃のことだ。

そんなお姉ちゃんが、四十歳という若さで、家族で一番早く遠くへ旅立った日。

母ちゃんは、

「お姉ちゃんは、仏さまが命を貸してくださったん。ほやから、ほんの少しはようお返ししただけや……」

そう言って、諦めたのだった。


元気になってからのお姉ちゃんはとても気丈で、何があっても泣かなかった。お腹が痛くても、ぼくと喧嘩をしても、絶対に泣かなかった。

ところが、お姉ちゃんが小学四年生で、ぼくが三年生の時、姉弟で風邪をひいて熱を出した。父ちゃんも、母ちゃんも以前のことがあるので、すぐに病院へぼくらを連れていった。


そして、注射をすることになったのだが、先に病室に入ったお姉ちゃんが、突然飛び出してきて、開いたドアの後ろに入り、

「やだー、やだー」

と、大泣きする。

ぼくも注射が大嫌いだったので、いっしょに泣こうかと思った。

ところが、看護婦さんがぼくの所にやって来て、

「ほら、お姉ちゃん。弟のほうがえらいよ。

さっ、先に注射して痛くないよって、お姉ちゃんに教えたげよ」

そう言って、ぼくを病室に引っ張っていってしまった。


ぼくが覚悟して腕を出そうとすると、ベッドに上げられ、うつ伏せにされ、いきなりズボンとパンツを下ろされて、廊下の他の患者さんたちも見ている中で、お尻にプスッと注射をされてしまった。

ぼくは、この時、お姉ちゃんのお手本になろうと思って、歯を食いしばって、痛いのを我慢した。


「なっ。ゴロくん、えらいなぁ。平気やったやろ」

と言う悪魔看護婦の声に、

「うん、うん」

と、作り笑顔をした。


そのおかげで、お姉ちゃんも覚悟をしたのか、素直に病室に入り注射を受けた。

あとでよく聞くと、注射がいやじゃなくて、男の医者にお尻に注射されるのがいやだったということだった。ところが、看護婦さんが注射をしたのを見て安心したということだった。

しかし、だれがしても注射は痛いものだ。

薬を出してもらうまでの間も、ぼくのお尻はチクチク痛んでいた。

「どうしたん？」

「かあちゃん。おしり痛い」

「注射をしたんやもん。ちょっとの間だけや」

「うん」

そう言って我慢をしていた。


しばらくすると、悪魔看護婦がやって来て、

「ゴロくん。もう一度病室入ろ」

と、ぼくを連れていこうとした。

「やめて。はなして。あかんて。もう、注射は、いやや」

「注射はもう、せえへんて」

その言葉にホッとしてついて行った。

ところが、前と同じようにズボンとパンツを下げられて、ベッドにうつ伏せにされたのだ。

「やっぱりや〜〜〜。だましたな、おばちゃん」

「おばちゃんやない」

「くそばばぁ」

「なんやて、もういっぺん、いうてみい」

「おにばばぁ〜〜」

などと、悪魔看護婦と闘っていると、もう一人の看護婦が、

「あっ、やっぱりあった」

そう言ったかと思うと、何かをぼくのお尻から、プチッと抜いた。

「ほら、注射針。あんたが力入れたから、抜けたんや。

座ってて、おしりいたかったやろ」

「おしりに針つけて、ミツバチ坊ややね」

「あはははっ」

「おっほほほほっ」

病院を出る時、

「またおいでね。注射したるから。ミツバチちゃん」

と、からかわれ、

「もう、来いへんわい。べー」

と言って、帰ってきた。

もちろん、それからは、一度もその病院には行っていない。

紅葉

岐阜の山深い、小さな村。

まわりは山々が屏風のように取り囲んでいて、朝は遅く明けて日は早く暮れる。

村全体が手漉《す》き和紙を生業にしていて、村の中心を流れる谷川に沿い、みんなが生きている。

美濃和紙は、障子紙に使われる真っ白な紙だけではなく、ランプシェードや雪見障子などに使われるデザイン的な紙も作っている。

なかでも、薄い紙と紙との間に、実際の木の葉や蝶々の羽などを挟み込むアートペーパーがとても人気があり、海外にも輸出されていた。木の葉は、村の老人たちが山から集めてくる。

ぼくはおばあちゃんに連れられて、裏山の中腹まで登った。もう、七十歳近かったと思う。

小さな体に、大きな竹かごを背負って、杖を突きながら登る。

「ゴロ。このへんでええわ」

そう言うと、どっこいしょと地面から突き出た石の上に腰掛ける。あねさんかぶりを取って、汗を拭く。

ぼくは水筒のお茶をキャップに注いでもらい、足下に見える村の方を向いて、腰に手を当て、大股開きでグイッと飲む。


山が近すぎて、村の入り口を流れている大きな板取川は見えない。

おばあちゃんは何も言わないで、ただ村を見下ろし、何も食べていないのに口をもごもごと動かしている。


おばあちゃんは、おじいちゃんにとって後妻さんだ。

前妻のおばあちゃんは、子どもを七人も産んだ後、病気で亡くなった。その子どもたちの面倒を見るために結婚したようなものだが、おばあちゃんも四人子どもを産んだ。

ぼくの父ちゃんは、その兄弟の末っ子だった。そのため、名古屋に嫁に行った前妻の子どものお姉さんに子どもができないというので、口減らしの意味もあって、小学校一年生の時に養子に出されてしまったのだ。

もらわれていく父ちゃんも辛かっただろうけど、我が子を手放すおばあちゃんも、とても辛かっただろうと思う。

そのためか、おじいちゃんが亡くなってからは、おばあちゃんは父ちゃんの所に頻繁に通ってきて、孫のぼくをとてもかわいがってくれた。

おばあちゃんは、真っ赤な紅葉の木の下で、散り積もった葉を拾い集め始めた。

ぼくも、始めは紅葉を拾っていたけど、キノコを見つけて、それを採ることに一生懸命になってしまった。


「ゴロ、これはあかへんよ。毒やがね」

「ほんなら、こっちは？」

「こっちはええわ」


見た目には、どっちもいっしょなのに……。クリタケとニガクリタケは、よく似ている。ニガクリタケは、猛毒なんだって。

でも、面白いよ。クリタケかニガクリタケか調べるには、ちょっとだけ噛んでみるんだ。するとニガクリタケは、その名のとおり、すごく苦い。

でも、噛んで毒かどうか調べるなんて、すごいね。

クマ笹の中に入ろうとすると、

「マムシがでるで！」

と、叱られた。

でも、クマ笹の中でマムシを見たことはない。

むしろ、おばあちゃんが集めている紅葉の葉の下に、潜んでいることが多い。

イノシシが、遠くを走っていくのを見て、

「イノシシ、おったよ。おばあちゃん、はよ帰ろ」

と言うと、

「ゴロと来ると、仕事にならんなあ」

と、笑いながら、カゴを背負う。

ケモノ道のような細い山道は、湿っていて滑りやすい。

そこを一歩一歩、慎重に踏み出して下りていく。


家に帰ると、集めてきた紅葉を、大きな鍋に入れてぐつぐつと煮る。どうして煮るのかわからないけど、そうしていた。

煮上がるとお湯を捨てて、シナシナになった紅葉を、子どもが使わなくなった勉強机の上にドサッと載せる。それをおばあちゃんは、一枚一枚伸ばして、紅葉の形を整え束にしていく。

ぼくは知らなかったけれど、おばあちゃんはこれを仕事にしていて、集めてきて、煮詰めて、しわを伸ばして、百枚で五十円もらうのだそうだ。

つまり、紅葉の葉一枚で五十銭。二枚で一円なのだ。


それは、とても根気がいる単純作業だった。

音楽も聴かず、話もせず、ただ黙々と紅葉を開いていく。節くれ立った細い指先は、ちょっとぶるぶると震えている。


真っ赤な紅葉の葉が、そんなおばあちゃんの指先から、花が咲いたかのように生まれ出てきて、

「どう、わたし綺麗でしょ」

と、言っているようだった。


おばあちゃんは、ぼくが東京に出て二年目に、老衰で亡くなった。

もう九十歳を過ぎていた。

「ゴロ、マンガ家になったら、もう戻ってきたらあかんでね」

と、言ってた。

まわりを屏風のような山で囲まれた小さな空の下で、一生を過ごしてしまったおばあちゃんの本当の気持ちを、ちょっとだけわかったような気がする。

東京に出ていくときに、

「餞別や」

と言って、一万円をくれた。

そのお札は、ずっとおばあちゃんの財布にあったものらしく、まるでアイロンをかけられたように、ぺしゃんこになって折りたたまれていた。

腰も曲がって、元々小さな体は、小学生よりも小さい。

「飯、いっぺえ食べて、元気にやらなあかんよ」

そう言って、伸びをしてぼくの頬を両手で挟んだ。


今、おばあちゃんは、ぼくと行ったあの山の中腹にある村を見下ろす墓に眠っている。その墓のまわりには、真っ赤な紅葉の木がいっぱいあって、風に吹かれて小さな手のひらが、ヒラヒラ

ヒラヒラと揺れているのだろう。

よるなの家

村には、ときどき物売りが来る。

夏になると、カランカランとベルをならし、かき氷屋がやって来る。たちまち子どもたちが取り囲む。

一杯五円で、ウエハースの舟形に山盛りのかき氷が来た。

それには、舌が真っ赤になったり、黄色になる蜜を、たっぷりかけてくれる。頼めば半分ずつ二色に蜜をかけてくれる。飲みおわってからも、しばらく後をついていくと、削りきれなくなった氷をカチンと割って、子どもたちに分けてくれる。

頭の禿げた気のいい、おっちゃんだった。

おっちゃんは、冬になるとカランカランとベルをならし、「ポンハゼ屋」に変身する。ぼくらは、一升の米と、醤油、ザラメの砂糖を持って、おっちゃんのもとに駆けつける。おっちゃんは、「順番、順番」と言いながら、汗をたらし、小さな大砲のような圧力釜に米をつめ、コークスに火をつけ、ときどきふいごをゴウゴウいわせ、それをゴリゴリまわす。そして、金網かごを前にかませて、鉄棒で圧力釜のハッチを開く。すると、轟音とともにふくれあがった米が、金網かごに飛び出してくる。

ぼくは、それを間近で見るのが好きだった。米が飛び出すとき、たまりかねた水蒸気が、忍術使いのけむり玉のようにモウモウとたち、ぼくはその中で印を結び児雷也になる。

宣伝カーもやって来る。まだ、家で作るカレーライスが、珍しい頃だ。

オリエンタルカレーの宣伝カーが、やって来た。

「なつかしい、なつかしい、あの調べ。エキゾチックなあの香り。オリエンタルな謎を秘め……」

オリエンタルカレー
オリエンタルカレー
56-56

その妙竹林な音楽に吸い寄せられて、おとなも子どもも集まってくる。すると、宣伝カーから股旅姿の男と町娘が現れ、カレーの宣伝口上を語り出す。

「町のレーストラーンと、変わらぬ美味しさ。さあ、買ってくんねぇ」

なんて言ったりすると、いつの間にか取り囲んだぼくらの後ろから、尻っぱしょりしたやくざたちが刀を振りかざして襲ってくるのだ。

町娘は、

「あんれー」

と叫び、股旅男の後ろにかくれ、あたりは騒然として剣劇が始まる。股旅男の強いこと強いこと。バッタバッタとやくざを斬り殺し、拍手喝采をあびると息も乱さず、

「おれがこんなに強いのは、オリエンタルカレーのおかげなんだぜぇ」

と、大見得を切る。

すると、宣伝カーの後ろの扉から、ターバンを巻いたあやしいインド人が、風船とカレーを持って現れる。

もう、ぼくたちはこのわけのわからない空間にのまれ、どうしてもカレーを買ってしまうのだ。

そして、近所の夕飯は、いっせいにカレーになる。

だが、たった一軒ひっそりとした家がある。「よるなの家」だ。

その家は、ぼくの家から、わずか五十歩たらずで行ける少し奥まった所にあった。

親たちは、ぼくらにいつも、

「あの家には、よるな」

と言っていた。


二日ほどして、パンツ屋のおばちゃんが、大きな行李を背負ってやって来た。

パンツ屋のおばちゃんは、下着やシャツを行商しているのだが、早耳でいろいろな情報をばらまいていく。

縁先で、近所のおばさんたちと、ひとしきりパンツを売った後、いつもの井戸端会議が始まった。


「○○さんとこ、夫婦して今、刑務所だそうな」

「町のデパートでな、夫婦で万引きしてつかまったん」

「ええっ。そんなら、今、家ん中子どもだけな」

「あん。そのうち施設の人が保護に来るんやろ」

なにかと問題のある家だった。

六人家族で、夫婦は定職にもつかず、おじちゃんのほうは、ときどき、どろぼうで捕まったり、お姉ちゃんはパンスケと呼ばれていた。ぼくは、それがどういうことなのか、子ども心になんとなくわかっていた。

最悪だったのは、一番上のお兄ちゃんが、やくざから足を洗って、村で初めての、電器屋を始めたときだった。ただ、売るだけの電器屋で、修理ができなかったのだ。

そして、資金に困り賭場に出入りするようになった。だが、勝てるわけもなく、とうとう店の商品のテレビを、質屋に持ち込んだ。

しかし期限が来てもお金はできず、質屋がテレビの入った箱を開けると……中には、コンクリートブロックが入っていた。

お兄ちゃんは、詐欺罪で逮捕され、明くる日の新聞に写真入りで載った。

だが、今回は状況がちがう。

家には、パンスケのお姉ちゃんと、ぼくより一つ年上のゆうこちゃんという女の子と、寝たきりのおばあちゃんが取り残されているのだ。

パンツ屋のおばちゃんの話を聞いて、みんなで「よるなの家」へ出かけた。

ぼくも、後についていった。


家の中は薄暗く、今までに嗅いだことのないにおいがした。

パンスケのお姉ちゃんと、ゆうこちゃんと、おばあちゃんは、一つの布団の中で目だけをぎょろぎょろさせていた。

母ちゃんたちは、たちまち近所の人を集め、村役の人たちが警察に嘆願書を出した。

嘆願書には、

これからは、村で責任を持って夫婦をたちなおらせます。

子どもたちも幼く、両親を必要とします。　云々

と書いたと、母ちゃんは言っていた。

しばらくして、夫婦はかえされた。

その日、母ちゃんはカレーを作った。出所祝いではないが、ぼくが、なべごと持っていかされた。

家の前まで来たときだった。

突然、すさまじい叫び声が家の中から、聞こえた。ゆうこちゃんの声だ。それも、恐怖にひきつった声だ。

「ごめなさい！　ごめんなさい！」

何度も叫んでいる。ぼくは、なべを持ったまま玄関口まで走った。

地獄を見た。

泣き叫ぶゆうこちゃんをうつぶせにして、おじさんが後ろ向きに、馬乗りになっている。

小さなゆうこちゃんは、つぶされそうになって身動きできない。

おじさんは手に真っ赤にやけた火箸を持っていた。

そして何か叫びながら、ゆうこちゃんの足を取り、その焼け火箸を、足の裏にタテにつきたてたのだ。

ジュブジュブと火箸は煙を上げ、ゆうこちゃんの足の裏にめりこんでいった。

ぼくは、かつて今までに、こんな悲惨な叫び声を聞いたことがない。

人間の声ではない。言葉にも、文字にも表せない。

何かが張り裂けて爆発したような大きな音がしたかと思うと、とつぜん事切れて、静寂になる。

そんな瞬間があった。


ぼくは、なべを持ったまま、自分の家に帰った。ピチャピチャと、カレーがぼくの顔にはねた。

母ちゃんが、ぼくの異常を感じて、

「ゴロ、何かあったんか?」

とたずねてきた。

ぼくは、見たままを話した。

母ちゃんは、

「ヒーッ」

と叫ぶと、外へ走り出た。そして、道の真ん中で、

「みんな、出てきてちょう。出てきてちょう」

と叫んだ。
四、五人で、「よるなの家」に駆けつけたときにはおじさんの姿はなく、ゆうこちゃんは白目をむいて気絶していた。他の家族は、ただ呆然とそれを見ている。

ぼくの母ちゃんは、ゆうこちゃんを抱きかかえ、

「ごめんよー、ごめんよー」

と、泣いていた。

ぼくは、それから三日ほど熱を出した。

夢をみた。インド人と侍が、大喧嘩していた。

死ね

クリスマス

Goro

今日は、だれもが幸せになれるクリスマス・イブ。
町には「ジングルベル」が流れ、ケーキの箱をかかえた、たくさんのサンタクロースが家路を急いでいる。

白い粉雪が、舞い始めた。

ぼくは、新聞配達の集金を済ませ、給料の四百五十円をポケットの中に入れて、落とさないように手でにぎりしめながら、隣町の本屋さんに向かっていた。冷たい風が薄いジャンパーをとおして、小さな体をブルブルとふるわせる。

隣町は、にぎやかに華やいでいて、笑い声や歌声が流れてくる。

お酒のにおいがかすかにして、おとなになったら、ぼくもここで、友達と一晩中騒ぐのだと思っていた。

すれちがった女の人から、お化粧の匂い。こんな綺麗な人が、この町にいたんだろうか。

よく笑い、隣の男の人にしなだれて、まるで一人では歩けないみたいだ。

二人は、キラキラとまぶしいばかりの町中を、どこかに向かっているようだ。


そんな二人の後を、隠れるようにしてついて行く女の子がいた。

チカチカと点滅する赤や青の豆電球に、女の子の横顔が浮かび上がった。

「あっ、すみこちゃん」

声をかけられて、どきっとしたのか、肩がはねた。


「なんや、ゴロちゃんか。びっくりしたわ」

「何しとるん?」

「…………」

「あれ、だれや?」

「…………」

すみこちゃんは何も答えない。

「きれいな人やねぇ」

「あれな、うちの、おかあちゃんやねん。それよりゴロちゃん、お宮さん行こ」

ぼくは、引っ張られるようにして、近くのお宮さんへ行った。

境内の上に登った。ぼくは、ジャンパーのポケットに手を突っ込んだままだった。

「ここなら、雪もかからへんね。そやけど、なんでこんなとこに、来たん」

「今夜、ここで寝るん」

「な、なんやて？」

そこは、風の吹きっさらしで、よく見ると毛布のようなものが隅の方に見えた。

「うちな、うち……家には帰られへんのよ」

「なんで？」

「あんた、あほやな。あたしに聞いてばかりや」

確かにそうだ。だけど、聞かなければわからないことばかりだ。

「わたし、お腹空いた。もう二日も食べてないんよ。何か、持ってない？」

「何も、持ってないけど……」


ポケットには四百五十十円が入っていた。でも、これは単行本を買うお金だ。

一ヶ月、ぼくが働いたお金だ。

だけど……。

ぼくらは、薄暗い小さな食堂に入った。中は、暖かかった。

百二十円の焼きそばを食べた。


「おいしいね」

「うん」

「ねえ、どうして家に帰れへんの？」

「……言えへん」

「なんで、なんで言えへんの。それに、冬休み中、お正月もあそこにいるの？」

すみこちゃんは、それきり何も言わないで、焼きそばを食べた。もう、単行本を買うにも、お金が足りない。

また、お宮さんの所まで戻り、

「ほんなら、またね」

そう言って、すみこちゃんと別れた。


帰りの道には街灯もなかったけれど、ほんの少し積もった雪明かりがあった。

もう七時をまわっている。

叱られるだろうなぁ、と覚悟して、ガラガラと玄関に入っていった。

案の定、母ちゃんが立っていた。ぼくが、遅くなると、いつも玄関で待っている。


「なんや、どこ行っとったん」

「笠松や」

「本屋かね。まあまあ、ごくろうさんのこっちゃね」

いつもとちがう。声が厳しくない。

「だれやの？　友達？」

「えっ？」

振り向くと、ぼくの後ろにすみこちゃんが立っていた。

ぼくの後をずっと、ついてきたのだ。真っ赤になった指先を息であたためようと、半分開いた口元で合わせている。

それが、ぼくには手を合わせ、何かを頼んでいるように見えた。

「おんなじクラスの、賀津也すみこちゃんや」

「ああ、賀津也さんの……はよ、入り。寒いやろ」

すみこちゃんは、何も言わず入ってきて、ぼくのジャンパーのひじをつかんだ。

「今日は、クリスマスやもんね。

うちも、これからゴロの誕生日とクリスマスをやるんよ。いっしょにお祝いしてってね」

ぼくの誕生日は十二月二十三日だ。だから、毎年クリスマスと誕生日をいっしょにして祝う。姉ちゃんも弟も、誕生日には自分だけが、プレゼントをもらう。ところが、ぼくの誕生日はみんながプレゼントをもらう。

まっ、いいっか。

居間に入ると、やぐらこたつの上に、もうケーキが置いてある。まわりには、鳥の唐揚げや、ぼくの大好きなみつまめがある。弟は、はしゃぎまわって、ケーキの真ん中にあるチョコレートを狙っているようだ。

「ほんなら、始めるよ」

母ちゃんの合図で父ちゃんもやって来て、家族全員が丸くなって向かい合う。

その中に、今日はすみこちゃんがいる。

「ゴロ、誕生日おめでとう。クリスマス、おめでとう」

「おめでとう」

「おめでとう」

「ありがとう」

切り分けられたケーキは、一番にぼくがもらえる。

こうして、あとはモリモリ食べてテレビを見て、おもしろい話を父ちゃんがして、げらげら笑っているうちに風呂に入ったり寝る時間が近づいてくる。

「ゴロ、すみこちゃんと、風呂入り」

「うん。すみこちゃん、入ろか」

「…………」

「あっ、恥ずかしいんやね。ごめんな。ほんなら、おばちゃんと入ろかね」

「うん」

ぼくは、風呂に一人で入った。そのあと、母ちゃんと、すみこちゃんが入った。

こたつの中でウトウトしていると、すみこちゃんが風呂から上がってきた。

姉ちゃんのパジャマを、着ている。

「ゴロちゃん。おばさんがね、今晩泊まっていけって」
「うちのほうは、ええの？」
「おばさんが、電話してくれるって」
「よかったね」
「うん」

そのとき初めて、すみこちゃんの笑顔を見たような気がした。

母ちゃんが、くしを持ってきて、すみこちゃんの髪をすき始めた。ぼくは、横になったまま、その様子を見ていた。前に垂らした髪を半分に分けて、ぱっと後ろに持っていったときだ。

紅いくちびると、透けるように白い頬。鼻すじも、綺麗に整った横顔が、隣町で男の人と消えていったすみこちゃんのお母さんにそっくりだった。

ぼくと、姉ちゃんと、すみこちゃんは、いっしょの部屋で寝ることになった。ぼくは、すぐに寝てしまった。

どれぐらいたったか……。何かの気配で、ぼくは目を覚ました。

すると、隣の布団の上に毛布を体に巻き付けて、すみこちゃんが座っている。

「どうしたん。眠れへんの」

姉ちゃんが起きないように、声をころして聞いた。

「うん」

「なんで？　眠ないの？」

「……うちな、横になると背中痛いねん」

「なんで……？」

「見て」

すみこちゃんは、パジャマの後ろをまくった。背中には、赤いすじが、何本もあった。

「どうしたん、これ！」

「おとうちゃんに、物差しでぶたれたん」

「なんでや⁉」

「おとうちゃん、うちのこと嫌いやねん。夜になると、酒飲んで物差しで、うちのことぶつん。

うちのこと、ヨシコー、ヨシコーって、呼んでぶつんよ。

ヨシコはうちのかあちゃんや。うち、かあちゃんに、そっくりやねん」

「ほんなら、おじさんは、おばさんをぶちゃいいやない。なんですみこちゃんぶつん」

「うちにも、わからへん。なんでうちがぶたれるんや。うちかて、わからへんねん」


綺麗な顔がどっと崩れて、すみこちゃんは泣き出した。


「ゴロちゃん。あんたはええな。おじさんも、おばさんもやさしいし」

「ほんなことないで。おれ、いっつも、げんこつでなぐられるん。耳つまれるんやど」

「それは、あんたが悪いことするからや。うちはなんも悪いことしてへんもん。おとうちゃんもおかあちゃんも嫌いや」


あとは、すすり泣くばかりだった。

それもいつの間にか、寝息に変わっていた。

ぼくは、そのまま眠れないまま朝まで起きていて、新聞配達に出かけた。

家を出ようとすると、母ちゃんが追いかけてきて、

「ゴロ。賀津也さんのこと、だれにも言ったらいかんよ」

「うん」

「あの子な……体中傷だらけやった。苦労しとるわ……」

「うん……」


ぼくが、新聞配達から帰ると、すみこちゃんは朝ご飯を食べていた。

ぼくを見つけると、勢いよく近づいてきて、赤い包装紙の箱をさしだした。


「ゴロちゃん。これ見て」

「なんや?」

「プレゼントや。うちが寝とるうちに、サンタさんが来たんよ」

「ほんまか。ぼくの所には、なかったよ」

すると、すみこちゃんは、

「そりゃあ、サンタさんは、いい子にだけプレゼントをくれるんやもん」

自慢そうに笑った。

「ちぇっ、えこひいきや」

プレゼントの中身は、靴下と手袋だった。

しばらくすると、すみこちゃんのお父さんが、すみこちゃんを迎えに来た。

こいつが、すみこちゃんをぶつんか。鬼っ！

そんなふうに思った。

鬼に手を引かれて、すみこちゃんは帰っていった。

あとで、母ちゃんに聞いた。あのプレゼントは、すみこちゃんのおじさんが、持ってきたものだったと……。

ぼくには、おじさんの気持ちがわからない。

おばさんの気持ちもわからない。

家

ある時、父ちゃんが人を連れて帰ってきた。

職人さんらしく、道具らしき物が入っている袋を持っている。

「まーまー、あがりんせえ」

そう言って家に上げた。

母ちゃんがお茶を入れ、ぼくらは隣の部屋に追いやられて、マンガの本を読んだりしていた。


「どこからおんさったの？」

「関です」

「関かね。ほんなら、うちのみつこと同じ在所やな。関のどこらへんやな」

「関の○×△ですわ」

「ほうかねえ」

しばらく、つまらない話題が続いていた。

木の柱がどうの、瓦がどうの……。


「ほんだけど、この家も、そうとうですねえ」

「この村で一番ぼろぼろや。

そりゃそうやろ。この村で一番の貧乏人の家やもんな。はっはっはっ」


冗談じゃないよ。あまりボロすぎて、そよ風で倒れそうだったもの。

「いつか、建て替えんさるんかね?」

「いや。この家は借家や。建てるんやったら、別の場所やね。

ほんでも、そんなお金もないでね」

「ほんなら、お金をかけんと、家を建てやええがね」

「ほんなことできるんか」

「できます」


それから、その人は夕飯をいっしょに食べて、夜遅くになって、

た。

父ちゃんが、泊まっていけと言ったのだが、これ以上は、やっかいになれないと言って出ていっ
と、家を出ていった。

「ほんなら、ごちそうさんでした」

出ていったあとで、母ちゃんが聞いた。

「あの人、だれやったの？」

すると父ちゃんは平然として答えた。

「知らん」

「なんや、なんも知らんの？」

「知るわけないやろ。境川の駅で、朝郵便局に行くときから、ずっとおったんや。

夕方帰ってきたら、まだおったし、そういえば、きんのうも、おったなあと思って声かけたんや。

ほしたら、行くとこあらへんけど駅におるんやと言うで、お腹すいたやろって言うて、連れて
きたんや」

「なんや、そうなん。ほんなら、ちゃんと言ってくれなあかんわ。

おにぎりぐらい持たせたったのに。あほやなあ」

境川
さかいがわ
境川
さかいがわ
茶所 笠松

あの人がどういう人なのか。そんなことは、どうでもいいらしい。

それから一年ほどして、家の前にトラックが着いた。


「山田さんとこかね」

「はい、そうですけど」

「ほんなら、この材木、家の横に置いてくでね」

「なんやの？」

「これ、名古屋の吉川さんっちゅう家を、解体した廃材や」

「なんで？」


なぜだかわからない。それからも、ときどきトラックがやって来て、いつもは洗濯物の干し場にしている家の東の所に、廃材がドンドン山積みになっていった。

父ちゃんは、

「大家さんが、やっとるんやろ。ほっとけ」

と言っていた。

ぼくらは、廃材の中から適当な角材などを選んで、友達と木の船を造ったり、チャンバラごっこに使ったりして遊んでいた。

ある時、その中にまだ新しい檜の風呂桶があった。風呂釜もあった。


父ちゃんが、それを抜き出して、家の裏に風呂場を造った。

風呂の燃料は、あの廃材だ。

それまでは家にお風呂がなかったので、近所や母ちゃんの実家に、もらい風呂をしていたから、家族は大喜びだった。

まるで掘っ立て小屋のような風呂場から、毎日湯気が上がって歌声が響いた。


今でも覚えているのは、最初に風呂を焚いた時、父ちゃんが母ちゃんに、

「いっしょに入ろう」

と、誘ったことだ。


まだ三十代だった母ちゃんは、ぼくらの顔を見て顔を赤くしながら、

「ええよ。先に入っといて」

と言ったあと、テレビの音を大きくした。

そして、風呂に入る前なのに、鏡の前で髪をとかした。ぼくも、お姉ちゃんも、弟も、クスクス笑って見ていた。


それから二年ほどして、どこかで見たような男の人が、二人の男を連れて訪ねてきた。

「山田さん。その節はお世話になりました」

「だれやね?」

「わし、何年か前、境川の駅で山田さんに声かけられて、飯、ごちそうになったもんやがね」

「ああ、あんときの人かね。立派になりゃあて、わっからへんかったがに」

父ちゃんの岐阜弁は、ときどき、名古屋弁と混じってゴチャゴチャになる。

「もうそろそろ、ええやろうと思って来ました」

「何がやね?」

「材木。そろったやろうと思って」

「材木?　なんやそれ?」

「家を建てるときに、前に建っとった家を壊すやろ。ほんでも、中にはまだまだ使えるしっかりとした材木がいっぱいあるんやて。燃やしてまうのは、もったいないやろ。ほんでな、わしが弟子に言うて、使える柱やら、板やらを山田さんとこに運ばせたんや」

「ああ、あれか。あれはあんたさんやったんか」

「ほや。ほんでな、そろそろ一式そろったやろうと思ってな」

「なんや、一式って？」

「あれで、家を建てるんやがな」

「ええっ、家建てるーーー！」

「家を建てるのに、一番金がかかるのは材木や。あとは、土地と職人だけや」

「あほなこと言っとったらあかんで。わしにはそれのどれもあらへんやないか」

「材木はあるがね」

「土地と職人雇う金や」


すると、いきなりその人は両手をついた。

「山田さん。わし、大工やねん。

数年前、親方のとこを色々あって、辛抱できんようなって飛び出したんや。

どっこへも行くとこあらへんし、どないしようか、途方にくれとったんや。

ほしたら、なんにも聞かずに、あんたはんが、声かけてくれて飯食わしてくれた。

わし、あの晩、関の師匠の家まで歩いて帰ったん。

ほんで、朝一番にわびを入れて、もう一度出直しさせてもらったんやて。

ほんで、一年ぐらい前に、師匠からそろそろ独立しろ言われて、今年やっと独立したんや。今では七人も職人を使っとるんやで」

「そりゃ、おめでとうさんやなあ」

「それもこれも、あの時山田さんに、ご飯いただいたおかげや。

あれ食べなんだら、関まで帰ることもできへんかったと思うわ。

ほんでな。山田さんがいつか家を建てるって言うとったで、役に立つと思って材木、集めとったんや。

見た目は汚いけど、木というもんは、カンナで削れば、綺麗になる。

それに、なんといってもただやろ」

「ほんだけど、ほかのメドがつかんやないの」

「大工なら、ここに居るやないの。

わしの所では、今のところ師匠の仕事場の手ったいばっか、しとるんやけど、職人も腕上げてきたでね。

そろそろ家一軒、任せてもらえんやろうかっと話しとったんや。

ほんだけど、わし決めとったんや。

わしが一番始めに建てる家は、山田さんとこやって。

お金のことは、心配せんでええて。わしに、建てさせたって！」


そう言うと、連れてきた職人さんも、並んで深々と頭を下げた。

でもね。家は筋金入りの貧乏だった。本当に、そんなお金はなかったし、土地もなかった。


ところが、その話を、いつも茶の湯を楽しんでいる母ちゃんの実家のおじいちゃんと、親戚の大叔父さんに話すと、大叔父さんが、

「公平さ。あんた、子どもの頃から、よう苦労したな。

今でも、郵便局勤めて、村の会計やって、ほかにも人の面倒ようみて、こまねずみのようや。

水道が村にひけたのも、山田さんの運動のおかげやいうて、みんなと話しとるんやで。

そんなあんたを、こんな村一番のボロ家に住まわせといたら、ひょっとしたら、わしらにバチがあたるかもしれへん」

「何言うとりんさる。わしが貧乏やのは、お金がないからやないの。他は、ちっとも貧乏やあらへんで」

お金がないのが、貧乏やない。

そう言った父ちゃんの言葉が、今になってわかるけれど、ふすま隔ててそれを聞いていたぼくも母ちゃんも、吹き出しそうになるほどおかしかった。


「おとうちゃん、あほや」

「あほなんは、あんたやよ」

「どや、公平さ。わしの家の前の畑。あの土地を貸したるで、そこに家を建て！」


それからは、あれよあれよという間に、話が進んだ。

大工さんが、家の東にあった材木を、設計図を見ながら選んで持ち帰った。

「あれっ。ちょっとまだ足りんな。確か、あったはずやけどなあ」

……まさか、チャンバラごっこに使ったとか、風呂の焚きつけにしてしまったとは言えなかった。

こうして、いよいよ家を建てることになったのだが、お金がないので、基礎工事やら壁塗りやら、いろいろなことを自分たちでやらねばならなかった。

建前のとき、大きなトラックで、真っ白に削られたりっぱな柱が届いた。だれが見ても、これらが廃材だったなんてわからないだろう。

瓦もどこかの家の瓦を、使うことにしていたが、父ちゃんの実家が瓦ぐらいは新品でというので、無理をしてお金を作り、ある人に頼んだ。

ところが建前の日になっても、瓦は届かない。それで瓦屋さんに電話をすると、そんな注文は受けていないという。

頼んだ人に騙されてお金を持ち逃げされたのだ。

がっくりとしていると、そこへ新品の瓦が届いた。父ちゃんの実家が、話を聞いて、すぐに手配してくれたのだ。

「公平。心配すな。雨の日ばかりやないで」

瓦代は、大叔父が払ってくれた。

家ができあがった。大工さんにお金を払おうとしたのだが、そんなお金もない。父ちゃんは頭を下げて、ローンにしてもらうように頼んだ。

ところが、

「いらん、いらん。この家は、わしらの記念みたいなもんや」

と言って、断られてしまった。

それでも、父ちゃんが払わせてくれと頼むと、

「ほんなら、職人たちだけに、給金を払ったってくんせえ。二十年ローンでええかね」

「よろしゅう、頼んます」

ということになった。

六畳に四畳半と六畳の板の間の家から、一階六畳三部屋、ダイニングキッチン六畳。二階は、六畳間が四部屋。

もちろん風呂場もある家に引っ越した。

ぼくはその家に六年間住んだ。

東京に出てから二十年後。父からハガキが届いた。
そのハガキは、家の完成の挨拶だった。

長い間かかりましたが、やっと我が家が完成しました。
近くにおいでの時には、ぜひ、お立ち寄り下さい。

なんだ、これは?

すぐに電話をした。

「どうして今頃、こんなハガキを?」
「ローンが済んだんや。これで本当にこの家は、父ちゃんのもんや」
「ローン、いくらぐらいやったの」
「驚くなよ。五十万円や」

父は五十万円のローンを、二十年間コツコツと返していたのだ。

「ゴロ。この家、全部でいくらぐらいかかっとると思う?」

「そやな……」

大きさからすれば、三千万ぐらいはかかるだろうと思う。

でも、昔のことだから、

「一千万ぐらいか」

「はっはっはっ。なんやかやや、今までかかったもんを計算してみたら、三百万かかっとらん」

今はだれも住んでいない家になってしまったけれど、ぼくたち家族にとっては思い出の家である。

それもこれも、あのとき父が連れてきた大工さんから始まった……。

死に目

《雑記帳》ポチたまの人気犬「まさお君」が病死

12月12日20時12分配信毎日新聞

◇テレビ東京のバラエティー番組『ペット大集合！　ポチたま』で、旅する犬として人気だったラブラドルレトリバー「まさお君」（オス、7歳）が9日、リンパがんで死んだ。

◇1歳の時から全国各地でイヌやネコ、イルカなどと対面する愛らしさが人気を集めた。収録先で人垣ができロケが中断することも。番組が放送された台湾では「犬界のキムタク」と呼ばれたという。

◇息子のだいすけ君は2代目旅犬として、娘のエルフちゃんは千葉ロッテのベースボールドッグとして活躍中。テレ東担当者は突然の死に肩を落としながらも、「天国から子供たちを見守ってほしい」と祈る。【広瀬登】

ポチたまの犬、まさおくんが、突然亡くなってしまった。

ぼく、この番組大好き。

ラブラドルレトリバーのまさおくんが、旅犬として、いろいろな所を旅していく様子が、とても楽しかったね。

食いしん坊で、きれいなお姉さんを見ると、必ず飛びついていったまさおくん。

最後の旅で、お母さんに会えて、良かったね……。

ぼくたちのような職業は、水商売と同じで、いつも安定していない。まるで浮き草のような人生だ。

中には、しっかりと商売として考えて、割り切っている人もいるけれど、ぼくにはそんなふうには、割り切れない部分がある。

だから、ずっと「親の死に目に会えない」って思っていた。実際そのとおりになってしまって、母には申し訳なくて仕方がない。

子どもの頃……。

りゅうじの家に、職人として働いている若い人がいた。

まだどこか子どもっぽくて、ぼくたちが遊んでいると、仕事帰りにずっと立って遊びたそうにして、ぼくらの方を見ていたりした。

休みの日には、ずっと広場の近くの家の板塀にもたれて、ぼくらの遊びを見ている。


「りゅうちゃん。あのじん、仲間に入れたろか?」

「ああ、やっちゃんか。あれはこれやで、仲間に入れんでもええわ」

そう言って、りゅうじは、人差し指を頭の横で、クルクルッとやった。

「なんや。頭、悪いんか」

そう言われてよく見ると、どこかしまりのない表情をしている。


「あのじん、いくつやの?」

「中学出たばっかりやて」

「ふうん。ほんなら、まだ子どもやね」

「子どもやない。この間いっしょに風呂入ったら、チンポに毛はえとったもん」

「おとなやないかぁ!」

しかし、おとなという言葉が似合わない。

ぼくはときどき、一日のお小遣い五円で、ピーナッツを買う。それをポリポリと食べて歩いていると、いつものように板塀にもたれて、やっちゃんがいた。

その前を通り過ぎようとすると、

「ゴロちゃん、何食っとるの？」

と、たずねてきた。


「ピーナッツ」

「ええなあ……おれにも少し、分けてくれへんか？」

「ええよ。半分あげるわ」

そう言って、手のひらで適当に半分にしてあげた。

そして、二人で塀にもたれてポリポリと食べた。

「やっちゃん、家どこ？」

「家は、ここ」

「ここは、りゅうちゃんとこやろ。やっちゃんの生まれたとこや」

「それやったら、土岐津」

「土岐津か。遠いなあ」

「ほんだけど、もう帰れえへんで、遠くもねえわ」


ちょっとさびしそうだった。


そうだよね。帰りたいと思うから、ふるさとは遠くに思えるけれど、帰らないと思ったら、もう距離なんて関係ないものね。

あっても、ないと同じことだものね。


ある夜のことだった。


「ごめんください」

て、やっちゃんが、ぼくんっちへやって来た。

ぼくんっちとやっちゃんは、普段から、まったく関係がない。

だから、八時をすぎたそんな夜中に、やっちゃんが訪ねて来たのが不思議だった。

もちろん、母ちゃんも不思議そうにして、

「あの……なんやったね？」

と、聞いた。

しかしやっちゃんは玄関のところで、そのまま黙って、うなだれたまま何も言わない。

ぼくは、家の奥からその様子を見ていた。


「おばさん……ゴロちゃん、おる？」

「おるけど、なんの用やね？」

「ゴロちゃん、呼んでください」


「なんやの？」

「ゴロちゃん……あの、お金貸してくれる？」

「そんなもん、ぼく、もっとらへん」

「五円でも、ええわ」

「五円は、昼間に使ってまったもん」
「ほんなら……ありがとう。ええわ」

そう言って、やっちゃんが帰ろうとすると、母ちゃんが、
「ちょっと、待ちんせえ。なんでお金がいるの？」
と、呼び止めた。すると、
「土岐津、帰りたいんや。どうしても」
「なんで？」

……やっちゃんは、何も言わない。

「なんでや言えへんの？　松下さんに、お金借りたらどうやね？」

そりゃそうだ。やっちゃんは松下さんの家に、居候しているんだし、そこで働いているんだから、親方の松下さんに、お金を借りればいい。

「ええんです。おれ、あきらめるで……」

「何をあきらめるの？」

「土岐津へ帰ること……もう、ええんです」

そう言って、出ていこうとすると、今度は、奥から父ちゃんが出てきた。

「待ちんせえ。いくらいるんやの？」

ちょっとやっちゃんの顔が、こわばった。

でも、すぐに、

「百円。百円あったら、帰れる」

と、弱々しい声で言った。

「ほんなら、これを持ってきんせえ」

父ちゃんは、そう言って、ふところからがま口を出して、百円札を出した。

やっちゃんは、すごく驚いた顔をした。ぼくたちも、驚いた。

「ありがとうございます」

やっちゃんは、まだ百円札を手にも取らずに、深々と頭を下げた。

そして、そのまま頭を下げた姿勢で、両手でちょうだいをした。

父ちゃんは、その手の上に百円札を置いた。


「心配せんでもええ。返さんでもええよ。はよう行って、はよう帰ってきんせえよ」

「おじさん……ありがとうございました。必ず、返します」


そう言って、やっちゃんは外へ走り出ていった。


「電車、まだあるやろか」

「何言っとるの、あんた。百円もやってまって」


母ちゃんが怒るのも当然だ。うちも貧乏だったんだから。


「ええやないか。難儀しとるんやし。

よう考えてみ。ゴロに五円でも貸してくれって言っとるんやぞ」

「ほんなら、松下さんに借りりゃええんやないの」

「それができたんなら、うちなんか見ず知らずのとこなんかにだれが来る。

隣近所見てみい。うちが一番頼りねえやろが。

つまりやな、行くとこがもうないってこっちゃ。

それでうちが断ってみい。あの子、どうすると思う」

「……そうやねえ。まあ、困っとるんやで、しょうがねえわね」


明日からは、自分っちが困るのに、のんきなものだ。

それから三日ほどして、板塀にやっちゃんがもたれていた。

顔を見ると、目頭が腫れ上がっている。


「やっちゃん、どうしたの？」

「なぐられたんや」

「だれに！」

「兄貴にや。兄貴になぐられたんや」


あの日、やっちゃんは電車に飛び乗った。

そして、真夜中に土岐津に着いて、自分の家を目指して、走ったそうだ。

家は駅から遠くて、二時間も真っ暗な山道を走って、実家に帰ったんだそうだ。

家にはまだ、うす明かりがついていて、その下で、やっちゃんのお母さんが、もうすぐ息をひきとるところだったそうだ。


「かあちゃん、かあちゃん！」

そう叫びながら、家に飛び込んでいくと、まさかそんな時間に、やっちゃんが来るとは思っていなかったので、枕元にいた親戚の人たちも驚いたそうだ。

するとそれまで目を開けなかったお母さんが、やっちゃんの声で、ぱあっと目を見開いて、

「安」

と、名前を呼んだ。

お母さんは、そのまま息をひきとってしまった。

すると、お兄さんが、

「おまえのせいじゃ！　おまえのせいで、死んでもうた！」

と、やっちゃんをなぐったんだそうだ。

やっちゃんとお兄さんは、男親がちがう。

年下のやっちゃんの、お父さんはだれなのかわからない。

それで、中学を出てすぐに、就職させられてしまったのだ。


りゅうじは、やっちゃんのことを、バカだと言ったけれど、その後、やっちゃんは独学で勉強して設計技師になった。

りゅうじの家の職人を使って、青い図面を開いて、いろいろ指示している姿を見たことがあった。


あのときの百円は、どうなったのかは知らない。

母の葬儀のとき、火葬場に向かう車に乗ると、目の前にりゅうじのお母さんと、しんきちのお母さんと、そのすぐ横にやっちゃんがいた。やっちゃんは、少し髪が薄くなっていて、ふっくらとしていた。

ハンカチで、涙を拭いて、車の中のぼくを見つけると、にっこりと笑った。ぼくも、目を伏せて、にっこりと笑った。

やっちゃんは、あのとき、

「最期にお母ちゃんが、『安』って、名前呼んでくれた。あの声は、一生忘れえへんわ」

と言っていた。

やっちゃんが親の死に目に会えて、ほんとうによかったと思った。

さよなら

雨が降ると、村は静かになる。

ふだん、田や畑で働く人も、家の中でじっとしている。

じっとしていられないのは、子どもたちだけだ。傘もささずに外に飛び出す。

カエルをとったり、ザリガニをとったり、水かさの増した川にできたウズの中に石や木っ端を投げ込んだり、退屈することは、ほとんどなかった。

そして、さんざん遊び疲れて、夜にはグッタリとなって寝る。

そんな頃、おとなたちが退屈する。二人、三人とどこかの家に集まって、酒を飲み始める。

おとなたちの話はおもしろい。仕事の話からはじまって、男と女の話になって……だんだん声が大きくなっていく。

ぼくは、ふすまの向こうから聞こえてくる、そんなおとなたちの話を聞くのが、好きだった。

老人の話は、戦争の頃の思い出話が多かった。いつも同じ話をする。そして、だれもがいつも初めて聞いたことのように、いつもと同じところで驚き、いつもと同じところでうなずく。今思えば、だれもがみんなやさしい人間ばかりだったんだと思う。


ある雨の日の夜、ぼくはふすまの向こうの声に、聞き耳をたてていた。

「また来とったな」

「花村さんとこや」

「またか。こんどはだれや」

「息子だげな」

花村さんは、ぼくの家のすぐ近くの養鶏場の家だ。その家に救急車が来て、お兄ちゃんをどこかに連れていったということだ。

ひろつぐくん……大丈夫か。

ひろつぐくんは、ぼくより五、六歳年上で、よくかくれんぼなどをして、遊んでもらった。何もなかったのに、いきなり様子がおかしくなって……。

その後、ひろつぐくんの姿は村から消えた。

ひろつぐくんには、ひろこちゃんという妹がいた。

ひろこちゃんはぼくより、二つ年上だ。


ぼくはときどき、朝早く養鶏場に、たまごを買いに行く。五円で五個たまごが買えた。たまごは、養鶏場の中に入って、自由に選べる。

ぼくが入っていくと、鶏たちがいっせいに騒ぎ出す。たまごを選びながら、ずんずんと奥へ進んでいくと、まだ薄明るい朝の光の中に、だれかが立っている。


「だれ？」

「ゴロ」

「なんや、ゴロちゃんか……大きいのやったらこっちにあるよ」

ひろこちゃんだった。


「ありがとう」

そう言って、近づいていって、はっとした。

ひろこちゃんはシミーズにパンツだけで、靴も履いていなかったからだ。髪もバサバサになっていて、ほっぺたが赤く腫れているようだった。

「どうしたん?」

向かい合ったまま聞いた。

「おかあちゃんに叱られてな。ここに逃げとるん。おかあちゃんに言わんといてな」

「なんで叱られたん」

「なんでや、わからへん。ときどき急におかあちゃん、こわあなる。今日は、包丁を持ってきたん」

そこまで言うとひろこちゃんは、たまらなくなったのか、こみあげたように、ひくひくと泣き始めた。こらえても、こらえても、涙が止まらずぽろぽろとこぼれた。

だけど、声を殺している。

ぼくの泣き方とちがう。

おなかが痛いとき、ぼくは泣く。

何か欲しいと、ぼくは泣く。

くやしいと言って、ぼくは泣く。

ひろこちゃんのは、それとはちがう。

体の奥深くから、つきあげられているように、全身で泣いている。

肩がブルブルと震え唇をかみしめるようにして泣いている。

「わっちも、あんなふうになるんやろうか。わっちは、おとなになりたかねえ」

なんてことを……と思った。

ぼくは一日でも早くおとなになりたかった。

おとなになったら、勉強もしないで、毎日遊んで暮らせる。

そんな、楽しい未来があるのに、ひろこちゃんは知らないのだろうか。

家に帰っても、お母ちゃんにも話せなかった。


田植えが始まると、村は活気づく。親戚や遠くへ行ってしまったなつかしい人たちが、手伝うために帰ってくる。

ぼくらは、学校が休みになる。いそがしい親に代わって、弟や妹のめんどうをみるためだ。

ぼくの家は、百姓家ではなかったが、近所の田植えを手伝った。女や子どもは、苗代で苗をそろえる。年寄りはリヤカーでそれを、田んぼまで運ぶ。

男たちは、列に並び苗を植える。腰を折り、ヒルに噛まれながら、黙々と働く。

つらい仕事なのに、だれもつらいとは言わない。夜があける前から、日がおちるまでが仕事の時間だ。

ぼくは、女の人たちといっしょに、苗代で、苗をそろえていた。

しかし、一時間もしないうちに、あきてしまってお昼の弁当の到着だけを待っていた。

このときの弁当はきまっている。あんこと、きなこのおはぎだ。

どろんこの手のままでもかまわない。いや、そんなことを、かまうことのほうが、恥ずかしいぐらいだ。

泥は、栄養。いっしょに食べる。

楽しい、楽しいお昼が過ぎると、また、つらい、つらい仕事に戻る。

すると、みんなの様子が変だ。みんな同じ方向を見て、ざわざわとしている。みんなが見ている方向には、ひろこちゃんがいた。

ひろこちゃんは、朝からいっしょに苗床の苗をそろえていた。みんなと、ぐちゃぐちゃと話をしながら、楽しそうに働いていた。

「ひろちゃん、ひろちゃん」

と、おばさんが声をかける。だけどひろこちゃんは、地べたにベタッと座り込んだまま、ぽかーんと空を見つめている。


「いかん。だれか花村さん、よばって」

「救急車や」

「ゴロちゃん、ちょっと見張っといて」

おとなたちは、ばらばらと散っていった。ぼくと、ひろこちゃんだけが残された。

ひろこちゃんの顔をのぞきこむ。ぴくりともしない。

ぼくは、肩をゆさぶって、

「ひろこちゃん、何見とるん？　しっかりせい」

と、話しかけた。しかし、返事は返ってこなかった。


遠くの方からおとなたちが、駆けてくる。

「ひろこちゃん、こんままやと、どこかに連れていかれるぞ。ええんかっ」

ぼくは、はらはらして叫んでいた。

その時だった。ほんの一瞬ひろこちゃんが、ぼくの方を見た。
「そのほうがええんよ。そのほうが……さよなら、ゴロちゃん。ほら、見て。空が青いねえ」
ぼくは思わず、空を見上げた。だけど、そこにはどんよりとした黒い雲と、灰色の空しかなかった。

やがて、ぱらぱらと雨が降り出し……ひろこちゃんは消えた。

雨が降ると、村は静かになる。

ガブリ

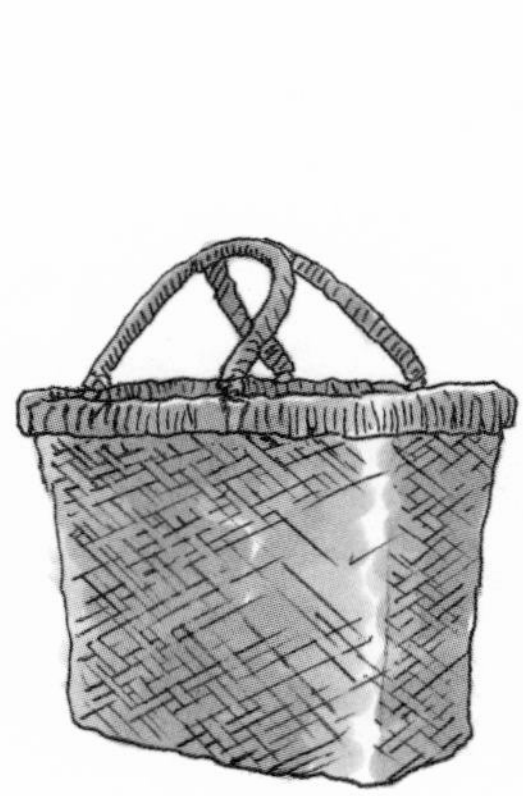

ぼくは、二度、犬に噛まれている。

一度は、隣の家が飼っていた「マル」という黒い中型犬だ。

朝早く、ぼくはたまごを買いに、お使いに行った。その帰り、当時は放し飼いが当たり前だったが、夜のうちは繋がれているはずのマルが、ぼくの前に立ちはだかった。

ぼくは、道の端をゆっくりと歩き、絶対に目を合わせないようにしていた。

ところが、マルは、ぼくの後ろをつけ始め、買い物カゴの中に鼻を突っ込んで、クンクンと匂いを嗅いでくる。たまごだけでなく、油揚げなども入っていて、それを盗られてはたいへんだと思い、両腕に抱きしめた。

すると、マルは前に回り込み、ぼくに飛びかかろうとする。

とうとう、ぼくは叫び声を上げて、走り出してしまった。


そのお尻に、ガブリ！


ぼくはお尻に、噛みつかれたまま、何メートルか走ったが転んでしまった。

そこへ、声を聞きつけて母ちゃんが飛び出してきた。

「これっ、マル！」

母ちゃんの声で、マルは口を放し、逃げていってしまった。

「ゴロ、でぇじょうぶか！」

その声に安心して、ぼくはわんわんと泣いた。


家に帰って、お尻に赤チンをつけてもらっただけで治療は完了した。

母ちゃんが笑いながら、

「ゴロ、危なかったな。もう少しで、お尻の穴が増えるとこやった」

と、からかう。

「ほんでもな、今度からは、買い物したもんなんか、どうでもええでな。危ないと思ったら、ポーンと放り出して、帰ってこい」

「うん」

「どうや。負けたままやと、くやしいやろ」

「うん」

「ほんなら、行ってこい」

そう言って、母ちゃんは、掃除に使う「はたき」を、ぼくに持たせてくれた。

ぼくはそれをにぎりしめて、隣の家に向かった。


狭い庭の隅に、マルの小屋がある。ぼくの声を聞きつけて、母ちゃんより後に飛び出してきた隣のオヤジに、マルは繋がれていた。


「マル、よくも嚙んだな!」

「ウーーーワンワンワン!」

「やかましい。言い訳すんな! 敵討ちじゃ!」

ぼくは、マルの脳天めがけて、はたきを振り下ろした。そして、パタパタパタとホコリを払うようにして、鼻面のところをはたいてやった。

よほどくすぐったいのか、マルはイヤン、イヤンをして、最後に、

「ハクション」

と、クシャミをした。ざまあみろ！

こうして、ぼくはマルに勝利した。

二度目は、歩いて十分ほどの所にある母ちゃんの実家のおじいちゃんの家に行く途中だった。

近くにシェパードを二匹飼っている家があって、そこも、やはり半分放し飼い状態だった。だから、いつもそこを通る時には、まず犬がいないかどうかを確かめてから、走って通りすぎる。

犬はいなかった。

それで、さっさと通り過ぎようとしたのだが、庭にあるグミの木が目に入ってしまった。

ぼくは、グミを採るのが大好きだったのだ。

だから、コースを変更。グミの木に近づいて、グミを採ろうとした。

すると、なんとその木の下に、シェパードが一頭だけいたのだ。

ぼくは、クルリと方向転換して逃げたのだが、かなうわけがない。

頭の上から犬が被さってきて、前のめりに倒れた。

ぼくは、バネ仕掛けのように、ビンッとすぐに立ち上がり、道に転がっている石をつかんだ。

そして、さらに襲いかかろうとする犬に向かって、でたらめに投げたのだ。

もう、つかんでは投げ、つかんでは投げした。


「うわーーーん！　こええよーーー！　うわーーーーーん！」

そう泣き叫んだ。


すると、その迫力に負けたのか、犬はキャンキャンッと叫びながら、家の方に逃げ始めた。

ぼくは、なおも石を拾い、投げ、石を拾い、投げて、いつの間にか追いかけていた。

そして、犬が家の縁の下に逃げ込むと、ぼくは家に向かって石を投げた。

ガチャンッ！　ガチャンッ！

と、何枚もガラスの割れる音がした。

近所の人たちが、いっぱい飛び出してきて、

「ゴロちゃん、だいじょうぶか！」

「ゴロちゃん、もうやめんせえ！」

と、止めに入ったが、恐怖で縮み上がったぼくは、状況がよくわからず、止めに入ったおとなに向かっても石を投げ続けた。

おじいちゃんの家で、身体を調べたら、お尻のところが嚙まれていた。

「ゴロ。危なかったのう。もう少しで、お尻の穴が増えるとこやったぞ」

やはり、血は争えないと思った。母ちゃんと同じ冗談を言うなんて。

隣では、ぼくに石をぶつけられて、頭にケガをしたおじさんが、半分笑っていた。

朝顔の観察

HB トンマ鉛筆

小学校の時、理科の時間に朝顔の観察というのがあった。

「朝顔をよーく見て、見たとおりに描いてみましょう」

先生が言った。

ぼくはせっせと毎日描いた。


描いた観察ノートを先生の所へ持っていくと、先生が桜の花の「よくできました」の判子をくれる。

「ゴロちゃん。絵ばかり描いてないで、朝顔の葉っぱがどうなっていたかとか、ツルがどうなっていたかって、ちゃんとつけておかな（書いておかねば）あかんよ」

って。

それでぼくは、一生懸命書いたんだ。

そして、先生の所に持っていった。

先生は、それを読んで、読み終わると頬杖をついて、しばらく黙っていた。それから、桜の判子を観察ノートにバンッて押して万年筆を出し、何か書き加えた。

よく見ると、「よくできました」ってところに、棒線が引いてあって、「よくできませんでした」って書き直してあった。

ぼくは、それを見て、

「先生、なんで？」

て聞いたら、先生の人差し指がクイクイってぼくを招いている。

それにつられて先生に近づくと、

「この観察ノートは、観察になっとらん。ほんでも、わしは、こういうの好きじゃ。ほんで……」

と言って、

「よくできました」

て、ぼくのおでこに、ペッタンッて、判子を押した。

家に帰ったら、母ちゃんが、

「なんやの。旗本退屈男が帰ってりゃあた」

と笑われた。

母ちゃんにノートを見せた。

母ちゃんも、それを読んで、しばらく黙っていた。そして、

「ゴロ。朝顔は笑わん」

と言った。


朝六時。朝顔におはようって言う。朝顔は、葉っぱを振って、おはようって言った。

ジョウロで水をかけてあげる。いっぱいあげる。

朝顔のつぼみができた。アホの子だ。

アホの子が開いた。赤い顔して恥ずかしそうだ。おはようって言うと、おはようって笑った。


「ゴロ。なんで朝顔の花がアホの子なんや?」

「だって、朝顔は左巻きやもん。反対に巻いとるのは、いかんやろ?」

そうなんだ。

朝顔のツルは横から見ると右巻きのように見えるけれど、真上から見ると、左に巻いていることがわかる。

だから、アホなのだ。


「ほんだけど、朝顔は笑わんやろ」

「笑うよ。葉っぱも笑うよ。

朝顔だけやないよ。コスモスも笑うし、ひまわりも笑うし、ケイトウも笑うよ」

「あほやねえ。そんなに花が笑ったら、花壇がうるそうてしゃあないやないの」

「そやね。ほんでも、花は笑うんよ」


ぼくは今でも、花は笑っていると思っている。


それからね。学校の先生は、朝顔を植木鉢で小さく育てる方法を教えてくれた。

それは、葉っぱが数枚できると、その一番上の葉っぱから伸びる芽を摘んでしまうの。すると朝顔は、それより下の葉っぱの間から芽を出すんだ。

そうやって芽ができたことを確かめると、今度は残った一番上の葉っぱを二枚ぐらい、摘んでしまうの。

こんなふうにして、上に伸びる芽をうまく摘んでいくと、朝顔は横に広がりつつ、こんもりとなって植木鉢でも、立派に花をいくつもつける。


でもね。ぼくはいやなんだ。


朝顔は、上に伸びたいんだから、上に伸ばしてあげたい。せっかく伸びた芽やツルを、ちょんっと摘んでしまうのはかわいそう。

だから、ぼくは芽を摘まなかった。

そうしたら、ぼくの朝顔だけひょろひょろと細い竹の支柱に巻き付いて、大きな花を開いたよ。

クラスで一番背高ノッポの朝顔だった。

ぼくの背よりも高くなって、上からぼくを見下ろして、

「よっ、ゴロちゃん。今朝もごきげんさん」

て笑ったよ。

さよこ

村の東のはずれに、小さなほこらがある。水神様とか、土左衛門様などと呼んでいた。

なぜ、土左衛門様かというと、ぼくが生まれるより昔、大きな洪水があったそうだ。そのとき、どこからか小さな仏様が流されてきて、村人がそれを拾いあげた。すると、たちまち洪水はひいてしまったということだ。

それから、感謝と村の守り神として、このほこらに奉られているのだそうだ。

ほこらのまわりには、大きな百日紅の木が植えてあり、初夏になると淡いピンクがとてもきれいだった。

毎年、お盆の頃になると精霊行灯が飾られ、縁日のように出店が並ぶ。

ぼくは、いくつも行灯に絵をかいた。絵金になったような気分だ。

夜はそれに灯がいれられ、あたりいちめん泥絵の具で塗りつぶしたような幻想的な世界になる。

ぼくらは、綿菓子や水風船つり、オモチャの当たるくじ引きに興じる。

おとなは、デンスケ賭博をしている。

カーバイトのにおいが嫌いだった。

青年団の兄ちゃんたちが、白いテントの中で一升びんを前にして赤い顔をしている。ぼくのおじさんの顔もある。

その中で、一番めだつのは、「さよこ」だ。

ぼくよりも、七、八歳年上だったが「さよちゃん」と呼んでいた。


さよちゃんは、村で一番きれいな女の人だった。

ちょっと日本人ばなれしたようなところがあった。

さよちゃんが歩いていると、畑で働いている人も手を休める。強面の馬方でさえ、にこにこして首をすくめる。


村の女の人は、ふだんあまり化粧をしない。でも、今夜のようなときは、白く塗って、口紅を引く。

父ちゃんは、「おかめの行列」と言っていたが、そんな中、さよちゃんの美しさは、たとえよ

祭
祭

うがないほどに際立つ。

だれもが、さよちゃんのなりふりを、あるものは嫉妬し、あるものは憧れ、そっと目で追っている。ゆかたが、色っぽいと感じた。


でも、今夜のぼくは、これから起こることに、どきどきしていた。

神主が現れ、

「高天原におわします、八百万の神々にもうさく～」

と、始めた。玉串をうやうやしく捧げ、ほこらのご開帳だ。


「なんや、これ？」

「ご神体があらへんで」

「からっぽけ！」

「そんな、あほな」


大騒ぎになってきた。

さよちゃんが、ぼくをにらんでいる。ぼくも、さよちゃんをにらんでいる。お互いに、うん、とうなずく。

前の日、ぼくは友達と、マンガの本の交換に、このほこらの前にいた。

『少年サンデー』と『少年マガジン』を、たがいに一冊ずつ買い、交換して読んでいたのだ。

友達を待っている間、おしっこがしたくなった。さすがに、ほこらの前でするのは気がひけて、ぼくは裏にまわった。

ほこらは、ちょっと小高い所にあったので、うらはストンッと落ちくぼんでいて、夏草が茂っている。

ぼくは、さわやかな開放感で、ほっとしていた。すると、目の前の草がざわざわと動いた。

はじめ野良犬かと思ったが、草の中から、

「何するん！」

と、いきなり、さよちゃんが立ち上がった。

ぼくは、途中で止められず、あっけにとられたまま、目をまん丸にして、真っ赤になりながらうなだれておしっこを続けた。

ぼくと、さよちゃんのわずかな間を、シオカラトンボが、つぅっと飛んでいったっけ。

さよちゃんは、一人ではなかった。見たこともない男の人がいっしょだったのだ。

「だれにも、言ったらあかんよ」
「うん」
「ゴロちゃんのことも、言わへんでね」
「うん……」

それから、さよちゃんは、ほこらへ行き、とびらを開けた。

「何するん?」
「これ、村の守り神さんや。ほんだで、わっちを守ってもらうん」

さよちゃんは、ご神体をポケットに入れた。

「さよこ、だいじょうぶか?」

「だいじょうぶやて。この子あほやで。よう言わへんわ」

「……あほちゃうで」


ぼくは、否定した。


「ゴロちゃん。絶対に秘密やで。あんたがしゃべったら、あんたのこともしゃべるでね。神さんに向かってチンチン出してたって」

「ちゃう！　ちゃうで。おしっこをしとったんや！」

「チンチン出さな、おしっこできへんやろ」

「そりゃ、そやし」


あかん。完全に弱みを握られた……。


青年団の兄ちゃんや、婦人会のおかめたちが集まって、犯人捜しが始まった。警察が来るとだれかが言っていた。

ぼくは、家に帰ることにした。

いつになく元気のないぼくに、

「つかれたんやろ、はよ寝」

と、母ちゃんが言った。

素直にタオルをかけて横になったが、眠れない。

「ご神体をいじると、祟りがある」

そんな言葉が頭の中をぐるぐるまわっている。

ぼくは、夜中そっと家をぬけだした。

といっても、まだ十時ぐらいだ。ほこらの方は、まだ明るい。

「さよちゃんに、ご神体かえしてもらわな」

そう言いに行くつもりだった。ところが、途中で、たいへんなことに巻き込まれてしまったのだ。

さよちゃんの家の近くまで来たときだった。

前方からさよちゃんが髪の毛をばさばさにして、風呂敷包みを両脇にかかえたゆかた姿で、爆走してくるのだ。

「ゴロちゃん、これ持って!」

いきなり、風呂敷包みの一つを投げられた。

「走って!」

ぼくは、さよちゃんの後に続いて走り出した。

後ろの方から、だれかが大声を上げて追いかけてくる。なんに追われているのか、なんでぼくまで……なんて考えるひまさえない。とにかく、いっしょに走った。

そして、川に出た。川に入ると、まわりの葦のせいで縁は暗くなって見えない。

「どっちいったー」

「さよこー」

懐中電灯の光があたりを追い回す。

ぼくとさよちゃんは、苦しい息をできるかぎり殺して小さく抱き合っていた。

ぼくは、体中から汗がふきだしている。さよちゃんはブルブルふるえている。

しばらくすると、声が遠のいていった。

「もうええかな？」

「あかん、もう少し待たな」

「寒いん？」

「寒ない」

「ふるえとるで」

「ふるえてへんわ」


そうは言っても、歯もひざも、がちがちとふるえている。

ぼくは、かわいそうになって、腰に腕をまわし、さばおりのようにしてさよちゃんを抱きしめた。

さよちゃんは、ぼくの頭を引き寄せてなぜだか、ぐりぐりなでまわした。

いい匂いがした。レモンシャンプーの匂いだったんだと、ずっと後になって知った。


「おおい。さよこ」

と、またたれかの声。それは、きのう見たあの男だった。

「ゴロちゃん、ありがと。これ、とっとき」

さよちゃんは、百円札をくれた。そして、見知らぬ男と闇に消えた。そのとき、水に濡れたゆかたに、さよちゃんの白いパンツが見えた。

わけがわからないまま、家にかえると家の前が騒がしい。

「あっ、ゴロや」

「こっちこい。ゴロ」

青年団とおかめ連とさよちゃんの両親に、ぼくは囲まれた。

「子どものくせに、かけおちのてったいなんかすなー」

「さよこはどこいった」

「ご神体はどうした」

さんざんである。ぼくは、こづかれても、どなられても、

「知らん。知らん」

を繰り返した。

しかし、百円札が見つかってしまった。そして、さいごは泣く泣く白状させられた。

それから三年後、さよちゃんの父ちゃんが、病気を苦にして農薬を飲んで死んだ。

葬式にさよちゃんが現れたとき、あたりからどよめきがあった。さよちゃんは、前にもまして、浮き立つようにものすごくきれいになっていた。


さよちゃんは、ぼくを見つけて、近寄ってきた。

「ゴロちゃん、あんときは、ありがと。バチがあたったたんやね」

さよちゃんは目を真っ赤にしていた。

「さよちゃん。泣いてもええんやで」

「うん」

さよちゃんは、後ろを向いてだれにも見られないように泣いていた。

「ゴロちゃんだけ、しかられたんやてな。ごめんねえ」

「かまへんよ。おれ、あほやし。こたえへんわ」

自分で自分のあほを認めた……。

それからずっと、ぼくはあほになった。

ゆきちゃん

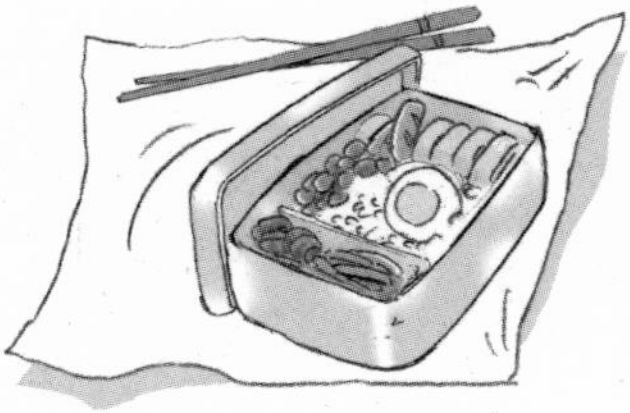

夢と現実の境は、どこにあるのだろうか。

あの日あの時……そして今は、確実につながっているはずなのに、どこかで、ぼくは迷子になってしまっている。

学校は、土曜日でも、ときどき午後の授業がある。授業は、楽しくないが、弁当が楽しみだった。そんな日は、朝から教室中たまご焼きの匂いで、いっぱいになる。

ぼくの弁当は、一つ上のお姉ちゃんが持っていて、弁当の時間に取りにいく。ぼくが何度も早弁をするので、先生がそうしたのだ。

みんな、それぞれにかわいい弁当箱を持ってくる。お弁当箱は、アルマイトでできていた。

上ぶたに、お茶を入れて飲むのだが、くちびるをやけどしそうになるほど熱くなる。

おかずのとりかえっこをする。でも、だれのおかずも似たり寄ったりだ。定番はたまご焼き。それに、ソーセージや煮豆がついていたりする。ところが、家によって、味がそれぞれちがうのだ。

弁当のふたで、自分のおかずを隠しながら食べる恥ずかしがりやの女の子がいると、みんなで
「あいつの弁当には、クソが入っている」

「馬糞弁当じゃ」

なんて、からかって泣かせたりしたものだ。


弁当のあとは、三十分ほどの休み時間がある。

弁当を早く食べれば、その時間も多くなる。だからぼくは、だれよりも早く食べた。そして、運動場へ飛び出していく。

ドッチボールをしたりするのだが、一人じゃできない。

みんなが出てくるまでは、鉄棒をしていた。大車輪や飛行機飛びが、得意だった。

ぼくが一番に鉄棒のある砂場に行くと、もうだれかが、砂場のふちに座っている。

それも、女の子だ。ちょっと赤っぽい髪で、よくわかった。

「なんや、ゆきちゃんか」

「やっぱり、今日もゴロちゃんが、一番やね」

「一番はゆきちゃんやんか。弁当食うの、早いんやねえ」

「わたし弁当忘れたん」

「なんや、そーか。ほんなら、これから辛いね」

「ちいっとね」


でも、ゆきちゃんが弁当を忘れたのは嘘だ。

ぼくは知っている。ぼくだけじゃない。クラスのだれもが知っている。

ゆきちゃんのお母さんが、ずいぶん長く病気で入院していること。

お父さんは、なぜだか時々しか家に帰ってこないこと。

小さな弟や妹がいること。そして……貧乏なこと。

ぼくはゆきちゃんに、飛行機飛びを見せてやった。

「すごい、すごい」

と手を叩いてほめてくれる。連続逆上がりも見せてやった。

そして、ぼくは調子にのって、足首のところだけで鉄棒にぶら下がり、パッと放すと同時にくるりと宙返りして着地する「コウモリ」も見せてやろうとした。

ところが、ぐるぐる回った後だったので頭に血がのぼっていたせいか、逆さまにぶら下がった瞬間、足首に力が入らず、ズズーンッと脳天から地面に落ちてしまった。

目からパチパチと火花が出た。本当に火花が出た。線香花火のような火が出たんだ。首が肩にめり込んでいないか心配だった。

だが不思議なことに、痛みはほとんどなかった。いや、むしろ立ち上がったときは、いつもより頭がはっきりしていたように思う。

ゆきちゃんの話では、ピョンッとなんでもないように立ち上がり、ケラケラケラッと笑ったそうだが、ぼくは覚えていない。

ぼくは、いいことを思いついた。
そして、母ちゃんに嘘をついた。
「弁当一つじゃたりない」って。

つぎの土曜日、母ちゃんは、弁当を二つ作ってくれた。荷物が多くなったと、お姉ちゃんは文句を言った。

弁当の時間、ぼくは教室を抜け出して、砂場に急いだ。やっぱり、ゆきちゃんはいた。しかし、なんと言って、この弁当を渡そうか……。ない知恵は、しぼっても何もでてこない。新聞紙に包んだ弁当を両手に持ったまま、ぼくは立ちつくしてしまった。

すると、ゆきちゃんが、ぼくに気づき、

「ゴロちゃん、早いねー」

と、いつものように目をまん丸にした。

「あの、これ、ゆきちゃんと……いっしょに食べようと思って持ってきたん」

差し出した弁当に、ちょっとうつむいたゆきちゃんは、すぐに顔を上げて、

「ええっ。ほんな……ええのん?」

「ええんよ。ぼくが、かあちゃんに頼んだん」

ゆきちゃんは、少し恥ずかしそうに、弁当を受け取ってくれた。頬がうっすらとピンクになって、花が咲いたようだった。

ぼくらは、だれかに見られないように、小学校のすぐ横の八剣神社の境内で食べることにした。

弁当を開けると、ゆきちゃんは、

「わあっ」

と言って、うれしそうだった。たまご焼きにソーセージだ。

ぼくも、弁当を開けて、

「わあっ」

と言った。

白いごはんと、黄色いお新香だけだった。

二人、顔を見合わせて大笑いした。

それから、二人で食べ始めたのだが、ゆきちゃんは、ほんの一口か二口食べたかと思ったら、

「ごちそうさま」

と言って、ふたをしてしまった。

「えっ。おいしくないん」

「おいしいよ……。これ、うちに持って帰っていい?」

「なんで。ここで食べてん」

「恥ずかしいから、帰ってから食べたいん」

「ほんなら、ええよ」


つぎの土曜日も、つぎの土曜日も……ぼくらはいっしょに、弁当を食べた。

しばらくしてゆきちゃんが、学校を休むことが多くなった。一週間に一日か二日ぐらいしか来ない。

ぼくは二人分の弁当を食べた。

休んだ人の給食のパンや宿題や連絡帳を、近くの人が届けることになっていて、ゆきちゃんの家の一番近くのれいちゃんが持っていくことになっていた。

ところが、れいちゃんが友達に廊下で、

「わたし、持ってくのいややわ。ゆきちゃんとこ、くさいんや。それに、呼んでもだれも出てけえへんし」

と話しているのを聞いた。

なんだか、胸の中を掻きむしりたくなるような感じがした。

ぼくは、学校帰りを先回りして、れいちゃんを待ち伏せた。れいちゃんは他の友達といっしょだった。


「れいちゃん」

「なんや、ゴロちゃんか。なんやの?」

「ゆきちゃんとこ、おれが給食届けたる」

「なんで?」

「なんでもええ。俺が届けたるから、よこせ! これからは、俺が届けたるからな」

半分ひったくるようにして、パンの包みと連絡帳を受け取って走った。

「明日、先生に言うたるでね」

と、れいちゃんたちが後ろの方で、大声で叫んでいた。

ぼくはすぐに引き返して、

「言いたければ、言えばいいやん。そのかわり、おまえらがゆきちゃんの悪口言ってたって全部しゃべったるぞ。ゆきちゃんにも言うぞ！」

そう言うと、れいちゃんたちは黙ってしまった。


ゆきちゃんの家は、村を少しはずれた所にある。競馬の厩舎の近くで、まわりの家も、競馬場の関係者ばかりが住んでいた。


「ゆきちゃん。ゆきちゃん」

何度も呼んだが、返事がない。

仕方がないので、パンの包みを戸口において帰った。


一ヶ月ちかく、伝書鳩のようにぼくは通った。

ゆきちゃんは、ときどき学校に出てきていた。

そんなある日、

「ぼく、毎日パン届けに行っとるん。なんで出てこんの」

「…………」

ゆきちゃんは、口を閉ざしたままだった。

そんなゆきちゃんの態度に、ぼくはだんだん腹が立ってきた。

「もう、ええわ。こんどから他の人に行ってもらうから」

そう宣言してしまった。

その時、口をきっと結んだまま、ゆきちゃんがにらんだ。くりくりとした目に力が入っていた。冷たい顔だった。

ゆきちゃんが、ほとんど学校に来なくなったことを、だれも気にしなくなった。

夏休みが過ぎた頃には、だれも、ゆきちゃんのことを思い出しもしなかっただろう。

秋も深まった頃、校内球技大会が開かれることになった。ぼくは、ソフトボールの選手に選ばれた。

ゆきちゃんは、相変わらず学校へ来なかったが、なぜか女子のソフトボールの選手に選ばれていた。

放課後、みんなで練習をしてポジションも決まり、試合が近づくと、だれかが、

「日曜日に、男子と女子のソフトボールチームで、模擬試合をしよう」

と言った。それには、全員参加だ。


日曜日。ぼくらは、学校に集まった。

午前中は、キャッチボールやノックをした。そして午後に試合をすることになった。


みんなで弁当を食べ始めたが、まるで遠足みたいで、とても楽しかった。

でも、ぼくの頭の中は、ふと、ゆきちゃんのことを思い出していた。

一時間の休憩がある……。

ぼくは、ちょっと家に帰ってくると言い訳して、自転車で、ゆきちゃんちへ向かった。

ゆきちゃんの家の前で何度も何度も、

「ゆきちゃーん、ゆきちゃーん」

と呼んだ。


だれも出てくる様子はなかった。でも、だれかが中にいる感じがする。格子の入ったガラスの

戸を、ガンガン叩いた。

すると、ガラッと戸が開いて、やせこけたおじさんが眉間にしわをよせて、

「だれや。うっさいのう」

とどなった。


「ゆきちゃん、いますか？」

「なんや、おまえ？」

「おんなじクラスのゴロいいます。ゆきちゃん、ソフトボールの選手やで……」

「幸枝は仕事中や。帰れ」

「ほんなら、ゆきちゃんは、家ん中にいるん？　ちょっとだけ、話させてえな」

「アホか、おまえは」

ピシャリと、戸を閉められてしまった。


閉まる寸前に、暗い部屋の奥で、白い何かが動いたのが見えた。でもそれが何なのか、確かめることはできなかった。

ぼくは、このことを今日までだれにも話さなかった。

午後の練習試合が終わり、みんなで隣町のお好み焼きやさんに行くことになったが、ぼくは気が進まず、みんなと分かれた。

学校へ通う途中に大きな銀杏の木があって、ギンナンがいっぱい落ちている。銀杏にはしめ縄がしてあって、だれもその実を拾わないのだ。

ぼくは、実を足でぎゅっと踏んで、でてきたギンナンを用意してきた布の袋に入れていった。手がギンナンの臭いでくさくなった。

一生懸命拾っていると、だれかが落ち葉を踏んでカサカサと近づいてくる。

顔をあげると、ゆきちゃんだった。ゆきちゃんは、半泣きのような顔をして、ハアハアと肩で息をしていた。赤い髪は、少し乱れていた。

「さがしたん」

久しぶりに、ゆきちゃんの声を聞いた。

しばらくじっと見つめ合ったまま、互いの目を見ていた。言葉がないまま、ゆきちゃんの両方の目が「ひさしぶりやね」とでも言うかのように、まばたいた。

「ギンナン拾っとるん……ぼく、さっき、ゆきちゃんとこ行ったん……。おじさんが、ゆきちゃん仕事中や言うて……」


そこまで言うと、いきなりゆきちゃんが、人差し指をぼくのくちびるにあてた。

「何も、言わないで……」という、おまじないだ。

ぼくは、また何も言えなくなった。


雲行きがあやしく、やがてぼたぼたと雨が降ってきた。遠くでカミナリまで鳴っている。


ぼくと、ゆきちゃんは銀杏の木にへばりつくようにして、雨やどりをしていた。

雨は冷たく、体の芯まで冷やす。吐く息も白くなってきた。あごが、カチカチと鳴った。

すると、ぼくの手に、空気より冷たいものが触れた。

それはゆきちゃんの指先だった。

まるでぼくの手を探し当てたように、そのままぼくの手をぎゅっとにぎってきた。

ゆきちゃんの手は、指先だけが赤くなって、あとはまるでロウのように白くなっていた。

ぼくは、あまりの冷たさに一度にぎった手をほどき、ゆきちゃんの手のひらをこすった。

しかし、ぼくの手も、同じように冷えていて、いつまでも暖かくはならなかった。

ギンナンの臭いもした。

いきなり、堰を切ったようにゆきちゃんが話し始めた。

「お弁当。ありがとうね」

「うん」

「弟や妹に食べさせたんよ」

「知っとったよ」

「給食。ありがとう」

「うん」

「おとうちゃんが、言っとったん。もう少ししたら、おかあちゃんも死ぬ。そしたら、みんな楽になるって……」

「そ、そんなこと……」

「みんな、もう少しの辛抱やて。ほんでも、うち、おかあちゃん死なさへん。おかあちゃんが死んで、うちやみんなが楽になるんやったら、楽になんかならんでもええわ！うち、おとうちゃん、嫌いや」

そこまで言うと、またゆきちゃんは、黙りこくってしまった。

雨は、みぞれになっていた。

その夜のことだった。十時ごろ、ゆきちゃんが訪ねてきた。

こんな夜中に、人が訪ねてくることは、田舎ではほとんどない。

ましてや、ぼくに女の子が訪ねてきたので、父ちゃんも母ちゃんも、驚いていた。

玄関を出たところで、

「ゴロちゃん。うち、もう会われへん。

あした親戚にもらわれて行くことになったんよ。これ、あとで読んで」

手の中に小さくたたんだ手紙を渡された。

ぼくは、母ちゃんたちに見つからないように、それをにぎりしめた。そして小さな声で聞いた。

「親戚ってどこの?」

「うちにも、わからへん。遠くや」

それだけ言うと、あっという間にゆきちゃんは、帰っていった。


布団の中で、手紙を開いた。それはノートに書いて破りとったものだった。

……やさしくしてくれて、ありがとう。銀杏の木。つないだ手。

お弁当。思い出、ありがとう。あした、ソフトボールがんばって……幸枝

時間がなかったのか、短い手紙だった。何度も何度も読んだ。

短い手紙だったから、ゆきちゃんは、もっといろいろなことが書きたかったんじゃないかと思った。

ノートの下の空白が、さびしくそれを語っていた。

手紙を持ったまま、ぼくは眠ってしまった。

あくる朝、母ちゃんが、

「お弁当のことって、何?」

って、半分からかうようにして聞いてきた。ニコニコしてる……。


ソフトボール大会は、六年生が優勝した。

それでも、ぼくたちは二位になって、ぼくが、代表で演台で賞状をもらった。そして、その台の上にのったまま、校歌を歌い、整理体操をした。

体操をしていると、校門のところに隠れているゆきちゃんが見えた。演台の方を見ている他の生徒からは見えない。

ぼくが「あれっ」というような顔をしたときだった。

ゆきちゃんは、人差し指をくちびるにあてた。

そして、もう片方の手を胸の近くまであげて、小さく、小さく振っている。

声のないまま、

「・・・・・」

って言っている。

ぼくは、手を振り返すこともできないまま、体操を続けた。

ゆきちゃんは、そのまま後ずさりしていった。そして、角の家のところで、ぱっと走り去った。

だれの心からも、ある日突然ゆきちゃんは消えた。

あの日あの時、あの子のことを、時の流れは押し流してしまうけれど、ぼくだけが心の中に時の流れをとどめておいた。

だが、それも今は、まぼろしのようだ。

放火

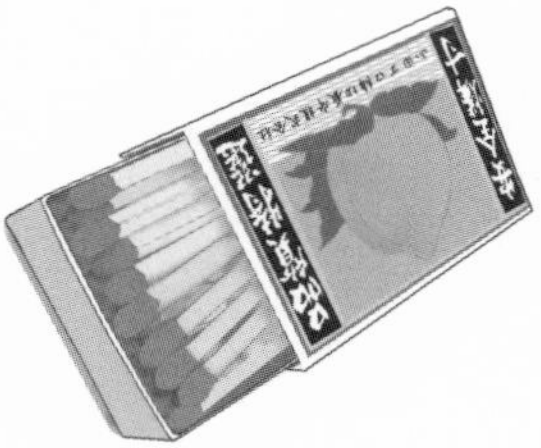

告白しよう。

ぼくは、放火をしたことがある。


火事だっ。

けたたましいサイレンの音。村の中から、ひとかたまりの煙がわきあがっている。

鳶口を持った消防団のおとなたちが、刺し子の半纏をひっかけて、どどどどっと駆けていく。

ぼくらは、ごっこ遊びをやめる。

そして、

「行こう!」

と言って走り出す。

藁葺き屋根の家は、あっという間に燃え落ちてしまう。駆けつけた者たちは、消すことよりも、家財道具の持ち出しや、老人や子どもが、取り残されていないかを確かめるために、煙の中に飛び込んでいく。消防車が到着する頃には、もう、柄の折れた肥柄杓《こえびしゃく》のようで、だれも手をつけられない状態になっている。

「すげえ、燃えとるなあ」
「あっ、くずれるで」
野次馬の中で、ごっこ遊びの月光仮面や赤胴鈴之助や、まぼろし探偵が叫ぶ。するど、後ろの方でまた騒がしい声がする。
「あっちでも、燃えちょるぞ」

風に乗って燃えた藁葺きは、何軒も離れた藁葺き屋根に飛び火して、その屋根からも黒々とした煙を上げていた。

ぼくらは、このどんちゃん騒ぎが、なんだかどきどきして好きだった。

ボウボウと燃えているときは、もっと燃えろ、もっと燃えろと念じ、ボヤですんで消えてしまうと、

「たいへんやったねぇ」

「火事はこわいねぇ」

「ぼやで、よかった」

などと善人になる。

消防団に入っていたおじさんも、

「火事が起きると、なんとかせにゃと必死になって、消えてまうと、やった！　ちゅう気になって気持ちええんやけど、ほんまの話、ちょっと残念やなぁと思うこともあるで」

「ほんでな、またどっかで、火事起きんかなぁ……ちゅうて思いよるん」

と、言っていた。


このことを作文に書いたら、おじさんは消防団をやめさせられた。

ぼくは、おじさんに「ええ作文じゃ」とほめられて、頭を二つばかり強くなでられた。

ぼくは、おとなになったら消防団に入って、だれよりも早く火事の現場に駆けつけて、一番良い所で火事を見ようと思っていた。

村の東はずれに、農耕具を入れておく小屋があった。

その小屋を改造して、若い夫婦が、秀夫と末子という子どもを連れて引っ越してきた。

二人とも、ぼくより二つぐらい年下だったと思う。

見るからに貧乏そうで、子どもたちの服装も、ぼろぼろで汚れていた。

ぼくの家も貧乏だったし、ズボンも継ぎ当てだらけだったが、子どものぼくの目で見ても、もっと貧乏だとわかるぐらい貧乏だった。


あるとき、母ちゃんが、お姉ちゃんの髪を切ろうと櫛をあてていると、ボトッと大きなシラミが落ちてきた。

驚いた母ちゃんは、

「京子！　今日どこに行っとったん。だれと遊んどったん」

「末ちゃんと……」

「なんやて……ほな、末ちゃん呼んどき」

「ゴロ、おまえも髪切るでね」

と、あたふたし始めた。

お釜に湯を沸かしたり、家の裏にムシロを敷いて、ミシンかけにいつも使っている椅子を持ち出した。

しばらくして、お姉ちゃんに連れられて、末ちゃんが家に来た。

末ちゃんは、なんとなく薄汚れていた。靴も穴があいていて、足の小指が見えた。

「末ちゃん。おばちゃんな、髪切ったるで。京子もいっしょやし、ええか？」

と、やさしく聞いた。

末ちゃんは、お姉ちゃんの顔をチラッと見てから、

「うん。でもな、あたし恥ずかしいん。お風呂入ってへんし……」

「かまわへんよ。これから暑うなるに、あんまし伸ばしとったら、汗かくで」

「ゴロ、バケツにお湯持ってきて」

バケツにお釜からくんだお湯を入れ、水でぬるめて、まず頭を洗った。お湯は、灰色になって流れた。

それから、タオルで髪をふいてから丸い手鏡を持たせる。そして、櫛を水でしめらせながら、髪をすき始めた。

するると、胸のあたりでのぞいていた手鏡の上に、ポタポタと大きなシラミが落ちてきた。

「あっ、シラミ！」

と、ぼくが言うと、末ちゃんは、顔が真っ赤になった。

ぼくは、シラミの名前は知っていたのだが、実際に見たことはないので近くに寄って見ようとした。

「ゴロ、あっち行っとれ！」

母ちゃんが、大きな声をあげた。母ちゃんのいつにない厳しい声にちょっと驚いて、ぼくは部屋に退散した。

部屋からは、裏庭で話す、母ちゃんと末ちゃんの話がよく聞こえてくる。

「あたしんっち、大きな家やったん。お店やっとってな……。

火事で、おじいちゃんと、おばあちゃんが……死んで……」

「災難やったねぇ」

「まわりの家も、燃えたんよ。

なんにも、のこらへんかった。それで、おとうちゃん、商売できへんように……」

そうか。末ちゃんちは、火事で焼け出されて引っ越してきたのか。

ぼくは大の字になって、その会話を聞いていた。

末ちゃんが、かわいそうになった。

しばらくすると、ぼさぼさの頭だった末ちゃんは、さっぱりとした短い髪で部屋へ入ってきた。顔もツルツルだ。

なんや。けっこうかわいいやんか。

「おばちゃん。ありがと」

「末ちゃん。ちょっと、待っとき」

そう言って、母ちゃんは奥のタンスから、お姉ちゃんの服を持ってきた。

「これ、着てみ。合うんやったら、あげるで」

「ええのん?」

「ええよ。京子も、もう着いへんし」

「京子ちゃん、ええの?」

「ええよ」

しばらく、母ちゃんと、お姉ちゃんと、末ちゃんの着せ替え人形ごっこが展開された。

末ちゃんは、ふだん見せない、明るい笑顔を見せていた。

ぼくも、楽しくなって、何か言わなくちゃと思った。

「末ちゃん。さっきのシラミ。大きかったな。

あれやったら、セミのかわりに、昆虫採集できるな。あははははっ」

しかし、笑っていたのは、ぼくだけだった。しばらくして、

「うん」

と、うなずいたあと、末ちゃんの顔が、くしゃくしゃになった。

大きな目から、大粒の涙が、どっとわきあがり、そのまま母ちゃんのエプロンの中に沈んでいった。

ぼくは、どうしていいのかわからない。

「ゴロ、末ちゃんにあやまり」

母ちゃんは、とても静かな声でぼくに言った。

こんなときの母ちゃんが、一番こわい。だけど、なんであやまらにゃならんのか、わからん。

しかし、あやまらなければ、母ちゃんのビンタが待っているだろう。


「末ちゃん……ごめんな」

「うん」

そう言いながらも、末ちゃんは泣いていた。

母ちゃんとお姉ちゃんが、声を出さずに、口だけでぼくに、

「ばか」

と言っている。

それから、反省じゃと言って、トラ刈りの坊主頭にされた。


その夜、母ちゃんが、ご飯の後でぼくを呼んだ。

「ゴロ。おまえは思ったことを、すぐに口にするな。思うことは何を思ってもええ。勝手や。そやけどな、それが正しいとは限らへんのやよ。おじさんのことにしても、末ちゃんのことにしても……。もっと、勉強せいや」

と言われた。

ぼくは、何か悪いことをしたんやろか。


あくる日、近所の友達を集めて、ぼくは演説した。

「みんな、よう聞け。何を考えてもええんよ。ほんでもな、正しいかもしれんが、何も言ったらいかん」

「ゴロちゃん。どういうこっちゃ?」

「何も言ったらいかんのじゃ!」

「それに火事はこわい。だからもっと、勉強せい」

「ゴロちゃん、なんで火事がこわいんや?」

「いい質問や。それは末ちゃんが、貧乏になるからや」

「火事はそんなに、こわいんか?」

「こわい」

「おもしろいやんか」

「あほやのう。ほんなら、おろかなおまえらに火事のこわさを、教えたる」

そう言ってぼくは、みんなを引き連れて、土手に向かった。

まわりを見渡すと、ちょうどいい具合に、藁を満載した大八車がとまっていた。

ぼくは、ポケットに用意したマッチを取り出し、

「よう、見ちょけ」

シュッとすって、火をつけた。


乾燥した藁は、はじめは、何事もないように見えたが、しばらくすると白い煙のかたまりがボワッとたちあがった。

「見い！　火事と同じじゃろ！」

藁は、メラメラ、パチパチと燃え始めた。


すると、その大八車に積んだ藁の山の上から、

「くぉらあ！」

と、でっかい声がした。人が寝ていたのだ。オニのような顔をして、降りてこようとしている。

「いかん、たたけ」

ぼくらは、手にいつも持っている棒で、降りてこようとしているオニの足をめがけて、バシバ

シたたきつけた。燃え上がる火に、今にも焼かれそうになって、オニは苦しみ始めた。
ぼくらも、これ以上ここにいては、やばいと思って逃げることにした。
「逃げよ！」
いっせいに、ぼくらは走り出した。
後ろでサイレンが鳴り始めた。
それから、秘密を守るようにかたく誓い合って、みんなと分かれた。
あとで、警察が調べに来たが、とうとう放火犯はつかまらなかった。

防火

ワニの剥製

ぼくが、小学六年生の頃、学校には一部屋だけ畳のある家庭科裁縫室という教室があった。

その教室には、小さな床の間や押入れまであり、掛け軸がかかっていたり、なぜか、「ワニの剝製」が飾ってあった。


男の子三人と女の子三人が、その部屋の掃除当番のときのことだった。

掃除が終わり、当番ノートに先生の判子をもらいに、女の子が一人で職員室に行った。

ぼくたちは、その子が帰ってきたら驚かせてやろうと、座布団がいっぱい入っている押入れに、ワニの剝製をかかえて隠れた。

子どもとはいえ、五人が入るには一杯一杯だったので、座布団を半分外に出した。そして、端っこをほんの少しだけ開けて、今か今かと女の子の帰りを待っていた。

ところが、隠れんぼをしていると、いつも、ぼくはおしっこがしたくなるタチで、

「しょんべん、してぇ」

「もうちょっと、がまんせえ」

「うん。はよ、こんかなぁ」

などと、モジモジしていた。

すると、ガタンッと音がして、だれかが入ってきた。

ぼくらは、暗い中で息をひそめ、飛び出すチャンスを待っていた。でも、入ってきたのは一人ではなかった。

「ねっ。だれも、おらへんやろ。さとるくん。はよ、見せて」

「あかん。鍵かける」

ガチャガチャ……。

あれあれ？　何がどうなってるんだろって、みんな思っていた。

入ってきたのは同じ学年の、なつこと、もう一人はさとるだった。

なつこはクラスでも背の高い子で、同級生の中で一番早くブラジャーを着けた子だ。

さとるは、男の中で一番背が低く、チビって呼ばれていた。

「はよ、はよせんと、だれか来るよ」

「うん……ほら」

「ひゃあ、ほんまや」

ぼくは、押入れの壁に顔が半分めり込むみたいにして、外の様子を見ていた。

な、なんと、さとるは、なつこの前で、半ズボンとパンツを下げて、チンチンを見せているのだ。

「りっぱやねぇ。もうおとなやわ」

「そやろ、うそやなかったやろ」

「うん。ほんとに、生えとる」

「クラスで、いっちゃんや」

暗闇の中で、ぼくらは吹き出しそうになっていた。

「こんどは、なつこちゃんの番やで」

「……だれにも、言わんといてな」

「言わん。約束や」

すると、なつこは、両手でシャツを持ち上げて、ブラジャーを見せた。

「あかん。それも取って」

そ、そうや。それも取ったらなあかんで。

と、ぼくの心の声。

なつこは、ブラジャーを引き下げて、おっぱいを出した。しかし、ぼくらの方からは背中しか見えない。

こっちむけ。こっちむけ。

と、念を送ったが、見えるのはなつこの背中と、バカ面してチンチンを出しているさとるだけだった。

しかし、天はぼくらを見放さなかった。

いきなり、外に出しておいた座布団の上に、なつこが仰向けに倒れたのだ。

今から思えば、まだまだペッタンコの、それでも白くてまぶしいなつこのおっぱいが、まる見えになった。

「うちも、はえとるんよ」

「見てもええのん」

そこで、ぼくの緊張が最高潮になってしまった。

あかん。このままでは、ちびる。


その時だった。

ワニがある。

鋭い歯で傷つかないようにワニの剝製の口にチンチンを入れて、おしっこをし始めた。

我ながら、よい考えだと思っていたのだが、悪しくもワニは、子ワニだった。

いったん空洞のお腹に入ったおしっこは、逆流して口から溢れ出し、ぼくの手とズボンを濡らし、しかも、尻尾の方に小さな穴があるらしく、そこから、一条の滝となって、下に隠れていた友達の首や頭にと降り注いだのだ。

「うわあ～～～～っ！！！」

とばかりに、ふすまを押し倒して、ぼくらは飛び出してしまった。


さとると、なつこも、すごく哀れな格好で、

「ぎょぽえ～～～っ！！！」

「ふぎぇらをぇ～～っ！！！！」

とか、叫びながら立ち上がった。

そのあと、全員で鍵の掛かった扉の方に駆け出して、ガチャガチャと開けようとした。

丁度そこへ、職員室から女の子が帰ってきた。

中の騒ぎに驚いて、

「どうしたのー!?　せんせー……」

などと、叫んでいる。


ぼくらのほうはと言えば、扉が開くと一斉にどこかに散ってしまった。

そこに、騒ぎを聞きつけて先生が飛び込んできた。

しかし、そこに残っていたのは、子ワニにチンチンを噛まれたぼくだけだった。

「ゴロ～！　おまえってやつは！！！」

ゴチンッとばかりに、げんこつを食らい、おんおん泣きをしながら、先生に引きずられて家に帰った。

あとは母ちゃんと並んで先生に叱られ、先生が帰った後、母ちゃんに叱られ、父ちゃんが帰ってきて、また叱られ、夕飯を抜かれ、テレビのマンガも見せてもらえず……散々だった。

涙も枯れ果てた頃、父ちゃんが、風呂に入ろうと言ってくれた。

風呂で、父ちゃんが、

「ゴロ。学校で何があったんや?」

と、初めて聞いてくれた。

ぼくが全部話すと、父ちゃんは大笑いしてくれた。

ぼくも、情けなかったけど、大笑いをした。

「ゴロ。この話は、だれにもしたらあかんで。約束や」

「うん」

あくる日、全校集会で、ぼくは校長先生にもお目玉を頂いた。しかし、あそこであったことは、だれにも言わなかった。押入れに隠れていた友達にも、なつこにも、さとるにも、何も言わなかった。

しばらくして、なつこと、さとるがやって来て、

「ゴロくん。あんな……」

「ごめんね。ありがと……」

とだけ、言いに来た。

ぼくは、二人の真っ赤な顔を見て、こらえきれなくなって笑ってしまった。

二人もつられて笑い出し、ぼくたちは、お腹が痛くなるほど笑い転げた。

ワニに
かまれた
ぼくのチンチン

歌は世界を救う

ずっとラジオばかり聴いていた。

それがある日、我が家にテレビがやって来て、ラジオでいつも聴いていた歌を歌っている人がいる。

それは不思議な光景だった。


日曜日の夜は、六時から『てなもんや三度笠』、六時半からは『シャボン玉ホリデー』。

そして、七時からは『隠密剣士』。それから『ポパイ』だった。

ほかにも、『番頭はんと丁稚どん』『やりくりアパート』など、なんて贅沢な番組ばかりだったんだろう。


でもぼくは、『シャボン玉ホリデー』でザ・ピーナッツが見たかったわけじゃない。クレイジーキャッツが見たかったんだ。

植木等の「お呼びじゃない」とか、谷啓の「ガチョ〜ン」など、腹をかかえて笑ったものだ。

明くる日、学校に行くと、みんなで「スーダラ節」で盛り上がる。

作文にも書いた。


ぼくは、おとなになったら植木等のような人になりたい。

たくさんの人を楽しくさせる。そんな人になりたい。


ぼくらはダルマストーブのまわりに集まって、みんなで「スーダラ節」や「無責任一代男」「ハイそれまでョ」「ドント節」「だまって俺について来い」「ゴマスリ行進曲」など、まさに大合唱していた。

その声は職員室まで聞こえて、しばらくすると数人の先生が教室にやって来て、

「こりゃ！　やめんか！　くだらん歌を歌うな！」

とどなって、ストーブのまわりの一人一人にゲンコツを食らわした。

「だれや。一番始めに歌い出しおったのは！」

それは、ぼくだ。始めは、小さな声でなんとなく口ずさんでいたのに、みんながそれに乗っかって、次第に大合唱になった。

ぼくは、調子に乗って教壇の前の教卓に乗って、スイスイスイーダラダッタ、スラスラスイスイスーイ♪と、踊りまで踊って歌っていた。

みんなが、ぼくの方を見ている。

「ゴロ、職員室まで来いっ」

先生は、そう言って、ぼくを教卓から引きずり下ろし襟首をつかんで、職員室まで連行していった。

友達が、何人もゾロゾロついてきて、心配そうにぼくを見ている。でも、ぼくはこんなことは慣れっこだ。

職員室で、担任の森先生の前に立たされた。他の先生もぼくを取り囲んでいる。

「ゴロちゃん。だめでしょ。学校であんな歌を歌ったら」

「うん……」

「学校は勉強するところやでね」

「森先生。それやったら、手ぬるいですわ。もっとビシッと言ったらな」

「ゴロちゃん。どんな歌を歌ってたの?」

「ハイ、それまでよ」

「なんやの、それ。どんな歌?」

「ゴロ、歌ってみ」

「いやや」

「なんで?」

「歌ったら、また叱られるんやろ」

「叱らへんで、歌ってみ」

そこでぼくは、直立不動で歌い出した。

♪　あなただけが〜〜　生き甲斐なの〜〜
お願い〜〜お願い　すてないで〜〜〜
てなこと言われて　その気になって
三日とあけずにキャバレーへ
金のなる木があるじゃなし

質屋通いは序の口で
退職金まで前借りし
貢いだ挙げ句が〜〜〜
ハイ　それまでョ　♪

ここで止めた。

先生たちはジロッとにらんだ。

そして、

「続きは！」

「歌うの？」

「歌え！」

♪　わたしだけが〜〜　あなたの妻〜〜
丈夫で〜〜長持ち　いたします〜〜〜
てなこと言われて　その気になって
女房にしたのが大間違い

炊事洗濯まるでダメ
食べることだけ三人前
ひとこと小言を言ったらば
プイと出たきり〜〜〜
ハイ　それまでョ
ふざけやがって　ふざけやがって　ふざけやがって　この野郎　♪

と、今度はツイストの振りを付けて歌った。

すると先生たちは、大笑い。

パチパチパチッと拍手をくれた。

そして、ハッと気づいて、

「アホッ。だれが踊りまで踊れって言った。他にも歌ったのか?」

「うん……」

「ほんなら、それも歌ってみ」

「あかん。ほんとに先生怒るで」

「怒らんから、歌ってみ」

「ほんなら、歌ったる」

そして、ぼくは歌った。

♪　星よりひそかに　雨よりやさしく　あの娘はいつも　歌ってる
声がきこえる　さびしい胸に　涙に濡れた　この胸に
言っているいる　お持ちなさいな　いつでも夢を　いつでも夢を
星よりひそかに　雨よりやさしく　あの娘はいつも　歌ってる　♪

「さゆりちゃんや……」

そう、ぼくはその当時流行っていた、吉永小百合と橋幸夫のデュエットソング、「いつでも夢を」を歌ったのだ。

「ゴロ、続きも歌えるんか?」

「歌える」

「歌ってみ」

♪　歩いて歩いて　悲しい夜更けも　あの娘の声は　流れ来る
すすり泣いてる　この顔あげて　聞いてる歌の　懐かしさ
言っているいる　お持ちなさいな　いつでも夢を　いつでも夢を

歩いて歩いて　悲しい夜更けも　あの娘の声は　流れ来る　♪

先生たちは、腕を組みながら、目をつぶって聞いていた。

「ほかにも歌えるか？」

「ほんなら、『寒い朝』を……」

♪　北風吹き抜く　寒い朝も　心ひとつで　暖かくなる　♪

すると、隣の校長室から校長先生が出てきた。

「何をしちょるんや。あんたら、ちょっと校長室に来なさい」

と言って、まわりで聞いていた先生たちを連れていってしまった。

職員室に、ポツンと残されたぼくは、どうすることもできないので、ただ、ポカンと立っていた。

そして、隣の校長室から、

「ばかもん！」

という声が聞こえてきた。

先生たちが叱られているのだ。

ここはひとつ、ぼくが助けてやらんといかんなあと思った。

ぼくは、ドアをノックして、校長室に入った。

先生たちは、赤い顔をして、校長先生の机の前で立たされていた。


「なんや、ゴロちゃん」

「校長先生。ぼくが歌っとったで、あかんのやろ。悪いのは先生やのうて、ぼくや。ぼくが、クレイジーキャッツの歌を歌っとったでやて」

「ほんでも、さっきの歌は、ちごうたやないか。他にも歌えるんか?」

「歌えるよ」


そこでぼくは、北原謙二の「若いふたり」を歌った。

その後、田端義夫の「島育ち」。

そして、仕上げに、五月みどりの「一週間に十日来い」を歌った。

「よう知っとるのう。ゴロちゃん、なんでそれぐらい勉強せえへんの」

「勉強は嫌いやけど、歌は好きやもん」

「ほうか……先生ら、よう聞きゃあよ。好きなもんやったら、こんなあほな子でも、歌の文句を全部覚えられるんやで。子どもらに、もっと勉強好きになってもらわな、あかんなあ」


そう言って笑った。先生たちも笑った。

良かった。これで先生たちも、校長先生に許してもらえる。

廊下に出てから、森先生に、

「ゴロちゃん。あんた、かしこいのかあほやのか、わからへんね。どっちでもええけど、学校で歌謡曲はあかんよ」

「はーい」

とは言ったものの、その頃のぼくたちは、歌謡曲をだれよりも早く覚えて歌えるということは、ヒーローだったのだ。


それからも、学校のいろいろな教室から、歌声が聞こえた。

でも、先生はどなり込んでくることはなかった。

有田ミカン

やつるぎ村を ちょっと離れて

岐阜乗合バス
きけん

かわいいぼく
ちっとも
かわいく
ナッ
ネコバス
ガメラ
鯉ども

時間《とき》は、だれにでも平等に刻まれているとは、ぼくには思えない。ただ流れていってしまうものでもないと思う。

ぼくの心の中で、止まってしまった数々の時間《とき》は、忘れた頃にその存在を主張して、ぼくの胸を熱くしたり、痛くしたり、かきむしったりするのだ。

毎年、夏休みになると、ぼくは父ちゃんの実家である美濃の山奥の村に、一週間から二週間ほどあずけられた。

村は、ぐるりを屏風のような山々に囲まれた、まるで金魚鉢の底のような盆地で、村の入り口は板取川に沿って、もっと山奥の村に続く道路にあるバス停の所だけだった。

村には、独特のにおいがある。それは、手漉き和紙を生業としている村の共通の、カルキのにおいだ。

紙の材料になる、楮《こうぞ》、三椏《みつまた》をさらして、白くするために使われるのだ。

父ちゃんの実家は、この村ではたいへんな地主で、この村を囲む屏風のような山々も、父ちゃんの実家のものだった。

ぼくがバスを降りて、その大きな屋敷まで歩いていくと、いろいろな所から顔が出てきて、

「あれっ、ゴロちゃんかね。大きゅうなったねえ」

とか、

「公平さんの息子けぇ。かわいいねえ」

とか、

「おっ、美光紙の家の子けぇ」

などと声をかけてくれる。みんなやさしく、なつかしい顔ばかりだ。

この金魚鉢の村では、時間がゆっくりと過ぎていく。一日中、何も動かない。動いているのは、山をのりこえる白い入道雲だけだ。

村の中心に、三十メートルぐらいの、小高い山がある。退屈をすると、おばさんに弁当を作ってもらい、この「中山」に、同い年のいとこの富貴子と登った。

富貴子は、活発で勉強もよくできた。それに生意気で、ぼくのことをあごで使う。細い目で、

笑い顔がかわいい。

中山の入り口は、背丈ほどのクマ笹におおわれていて、マムシがよくでるので、手をつないだまま走るようにして抜けていくことにしていた。クマ笹のトンネルを抜けて、しばらく歩くと、

「ゴロちゃん、見て」

富貴子が、村の方を指さす。

その方向に、実家が目の高さに見えて、弁当を作ってくれたおばさんが、庭でぼくらを見つけて手をふっている。

「おーい、おーい」

「おーい、おーい」

山びこが、村中に響く。

ぼくらは、また青空をめざしてぐんぐんと登っていく。

すぐに、山の稜線に着いてしまうが、ここで初めて「中山」が、ひょうたん型をしていたんだとわかる。

稜線を辿っていくと、もうひとつの頂上に着く。

頂上は平坦な広場になっていて、初めて来た者は、きっと驚くだろう。なぜなら、そこには見

上げるほど大きな慰霊碑と、同じくらい大きな墓石が、ずらりと並んで建っているからだ。

墓石はみんな、村の方を向いている。

「この村から出兵して、生きて戻ってこられなかった人たちのお墓なんよ」

と、ちょっとまじめに富貴子が説明してくれたことがあった。

墓石の一番上には、どれにも星がついている。星は、北極星を意味するらしい。

ここからは、ぐるりと村が見渡せ、村の入り口のバス停から、その先の空の青さを映し取った板取川が、きらきらと光ってきれいだ。


ぼくたちは、一番大きなクヌギの木陰に腰をおろす。

すごい蝉時雨だ。

「ゴロちゃん。お茶」

「うん」

富貴子が、水筒の小さな蓋にお茶を入れてさしだす。ぼくは、ぐいっと一気に飲みほす。

それにまたお茶を注いで、こんどは富貴子がぐいっと飲む。なぜだか、お互い顔を見合わせて笑う。

「ゴロちゃん。どんなテレビ好き?」

「名犬ラッシー」

「やあー、同じやねぇ。ほんでも、あの男の子あほやねぇ」

「なんで?」

「何度も失敗して、そのたんびに犬に助けてもらってるんやで。なっ、あほやろ」

「うん……」

ぼくは、こんなテレビの見方をしたことがない。

いつも、口をぽかーんと開けて、へらへら笑って見ていた。かしこく、かわいい犬の話だとばかり思っていたのに……。

富貴子のおかげで、それからの、テレビの見方が変わった。


弁当を食べて、二人とも、いつの間にか横になって、ウトウトと眠ってしまった。


突然、セミが鳴きやんだ。

だれかが、ぼくの頭のところに立っている。まぶしくて、よくわからない。

白いひらひらとした……スカート。白いシャツ……白いつばの大きな帽子をかぶっている。そして、もう一人いるらしい。

「なんや、富貴ちゃんやないの〜」

「なに〜、佐和ちゃんか」

どうやら、富貴子の同級生らしい。

そして、富貴子は、隣にいるチョウチョのようなヒラヒラに気づいて、

「この子は？」

と、思いっきりの愛想笑いの顔をつくって聞いた。

「いとこの多津子さんよ。東京から遊びに来たん」

「ああ、そうなん。こんにちは」

「こんにちは。多津子です」

こくんっと帽子を押さえながら、頭をさげた。

「富貴ちゃん、その子は？」

なんとなく、からかうような目でぼくを見ながら、佐和ちゃんが聞いた。

「ゴロちゃん。うちのいとこや」

「そうなん。こんにちは」

「こんにちは」

女の子に囲まれて、なんとなく照れくさかった。多津ちゃんは、ぼくの方をちらっと見た。そ

して、とろけるようなやさしい瞳で、にこっと笑った。

ぼくらは、すぐにうちとけて、草履隠しや、ジェスチャー、ケンケンおにごっこをして遊んだ。

遊び疲れて、のどがからからになった。


「お茶、飲も」

富貴子が、佐和ちゃんに水筒のフタを渡した。

「ああ、うめえ。はい」

佐和ちゃんは、多津ちゃんにフタを渡した。富貴子は、なみなみとお茶を注ぐ。

多津ちゃんは、ゴクゴクと上を向いて飲み始めた。


なんや白くて、きれいな首やなぁ。

それをながめながら思った。


「ああ、おいしい」

多津ちゃんは、手で口もとをぬぐいながら、水筒のフタをぼくに渡した。

間接キッスや……。

富貴子にお茶を注いでもらいながら、どきどきしていた。

「はい。ゴロちゃん」

富貴子はそう言ったかと思うと、ぼくの手からお茶の入ったフタをつっと取って、お茶をグビグビ飲んでしまった。

「ぷっは〜。うめえ。はい、ゴロちゃんの番」

人生で、一番最初に殺意を抱いたのは、あの時だっただろう。

しかし、かしこいぼくは、何事もなかったように、お茶を飲んだ。

「こんど、いっしょに泳ごうね」

「うん、あした児童淵でね」

児童淵というのは、板取川の大きくうねった所で、プールのないこの村の小学生が、唯一泳げる所だ。

日が暮れ始める頃、ぼくたちは東に、佐和ちゃんたちは南に「中山」を下りた。

途中、富貴子が、

帝国陸軍出兵

「お茶、ざんねんやったね。そうは、させへんよ。けけけけっ」
と、言った。ぼくのドキドキを、こいつは見抜いていたんだ。
人生で二回目の殺意を抱いた。

もう、退屈することはない。毎日、児童淵へ行く。

驚いたことに、富貴子も佐和ちゃんもワンピースの水着だったのに、多津ちゃんはビキニだった。そして、それが当たり前のようにふるまっている。

それに、噂を聞いて、中学生までが児童淵にやって来るようになった。まだビキニなんて、珍しかったのだ。

川で泳ぎ疲れ、木陰で着替えて、帰りは近くの駄菓子屋でかき氷を食べる。そこにも、中学生や小学生の男の子たちが、なんとなく集まる。

みんなと別れて、一人で家に帰るときだった。いきなり、石垣の上や、木の陰から数人の男の子が現れ、まわりを囲まれてしまった。

「なんや？」

「おめえ、なまいきや」

言うなり、足を蹴られ、髪の毛を引っ張られ、げんこつが、頭や脇腹にとんできた。

ぼくは、正面にいるやつの襟首を両手でつかみ、

「いてぇ！　いてぇ！」

と、叫ぶばかりだった。

すると、

「あんたら、何しとるの！」

と、後から帰ってきた富貴子がどなった。富貴子の声でみんないっせいに、バラバラと逃げ出した。

だが、ぼくは、それでも正面のやつの襟首をはなさない。やつも必死だ。

ぼくは、そのまま、抱きつくようにして仰向けに倒し、馬乗りになって、力いっぱい首を絞めた。

首を絞めながら、真っ赤になっているそいつの顔めがけて、ツバをかけてやる。

「ゴロちゃん、もうやめ！」

富貴子が叫ぶ。


近所のおとなが騒ぎを聞きつけて、飛び出してくる。

ぼくは、おとなに羽交い締めにされて、ひっぺがされた。

やつは、べそをかきながら、すわったまま苦しかった首をさすっている。

いったん、はなされたのだが、ぼくは、まだ一発もなぐっていない。

「くそったれ！」

ぼくは、もう一度飛びつくようにして、そいつの顔を蹴り上げる。

そして、めちゃくちゃに何発もげんこつで、頭をどつきまわした。


その夜、おじさんにこってりと、しぼられた。

ぼくはちっとも悪くないから、平気だった。原因は、ぼくと多津ちゃんのよそ者が、いちゃいちゃしてめざわりだということらしい。山ザルどもの考えそうなことだ。

しかし、布団に入ると、涙がわいてきて、声を殺してグズグズ泣いてしまった。すると、隣の部屋から富貴子が枕を持ってやって来て、ぼくの布団に入ってきた。

何も言わないで、背中合わせに寝た。

富貴子はなぐさめてくれているんだろう。

でも、ぼくになぐさめなんていらない……。

ぼくは、次の日も児童淵に出かけた。

きのう、ぼくを取り囲んだ連中が、とびこみ岩の上から、ぼくを見てびっくりしている。もう、

来ないだろうと思っていたにちがいない。

ぼくは、わざとふてぶてしく、そいつらをかきわけて、真ん中にどっかりと腰をかけ、じろりとまわりを見渡す。

「ひとりじゃ、なんもできへん。山ザル。バカイノシシ」

そう言っても、だれもなんとも言わない。ぼくが、フンと鼻をならして、

「あっち行け！」

と叫ぶと、ばつが悪そうに、バラバラと引き下がっていった。


しばらくすると、富貴子と佐和ちゃんと多津ちゃんがやって来た。

「ゴロちゃん。きのうはわたしのことでごめんね」

と、多津ちゃんがすまなさそうに言った。

だけどぼくは、

「おめぇのことなんか関係ねえよ。みんな、あっち行け！」

とどなって、だれにも飛び込み岩を使わせないようにして、そこにいつまでも踏ん張っていた。

ぼくは、なんだか、何もかもが、わからなくなっていたんだと思う。

村の盆踊りの日がやって来た。じつは、ぼくが毎年楽しみにしていたのは、この日なのだ。

やぐらを組んで、ちょうちんがさげられ、たいこの試し打ちが始まり、まだお昼前だというのに気の早いあんちゃんが、三波春夫の「チャンチキおけさ」のレコードをかける。

この盆踊りのメインは、終盤に行われる仮装大会だ。

ぼくは、これに出場したくて仕方がなかった。四年生になって、やっと出場できるのだ。いつも賞品は、米や酒や野菜だが、今年は自転車がもらえる。だから、いつもよりたくさんの出場者らしい。

しかし、みんなが考えることはいっしょだ。毎年、国定忠治やお岩さんが出てくる。ピエロがいたり、魔法使いのおばあさんだったり……。

ぼくは……全身まっ黒に塗り、頭に王冠をのせ、手にやりを持って……そう、冒険ダン吉に扮するのだ。そればかりではない。富貴子も同じようにまっ黒に塗り、盾を持たせてお供にするのだ。

それに、おじさんの所で飼っている雑種の犬のロンにたてがみをつけて、ライオンにして乗っていく計画だった。


三時をすぎ、ぼくも富貴子も裸になって、墨を体に塗りつけていた。

おじさんも、おばさんも、けらけら笑って見ている。

ぼくらのあとは、ロンの番だ。シュロで作ったたてがみを、首輪にうまくつけられない。やっとつけたかと思うと、首をブルンブルンふりまわして、はずしてしまう。

そんなところへ、佐和ちゃんが駆け込んできた。

「富貴ちゃん、ゴロちゃん！　多津ちゃんが、これから東京へ帰るんやて！」

「えっ、ほんとに？」

「今、バス停や」

「あと三分しかあらへん」

稲妻のようなものが、ぼくの体の中に走った。

「あかん。もう間に合わへんわ」

どんなに急いでも、バス停までは五分はかかるのだ。だが、ぼくは駆け出した。

今、多津ちゃんが帰ったら、もう二度と会えへん。

そう思った。


村の道は、坂道ばかりだ。

幸いなことに、バス停までは下り坂ばかりで、ぐんぐんとスピードが上がる。すれちがう人たちも、あまりにも速いぼくに、目を丸くして驚いている……。

いや、そうではなかった。

「ダン吉や！」

「冒険ダン吉が、走ってく！」

そうだ、ぼくは仮装のまま裸足で走り出していたのだ。おまけに、ライオンのなりそこないのロンを引き連れている。途中、二、三回転び、スネやヒジから血が流れている。

それでも、ぼくは走った。


やっと、バス停に着いた時、もうバスは走り去るところだった。

ぼくは、ロンをおさえ、息を切らし道路の真ん中で、呆然と立ちつくした。

その時だった。バスの一番後ろの方で、白い帽子を振っている多津ちゃんが見えた。


「あっ、多津ちゃん！」

ぼくがそう叫ぶと、何を思ったのかロンがいきなりバスに向かって走り出し、ぼくは引き倒され、道路をズルズルとひきずられた。

そのために、腰に巻いていたシュロで作った腰巻きは無惨にはずれ、立ち上がった時には、バスは曲がってもう見えなくなっていた。

かっこ悪いさよならだった。


仮装大会は、特別賞をもらった。賞品はおせんべいの詰め合わせだった。

こんな、気まずい思い出が……今日もぼくを悩ませる。

金魚鉢の底の涙

少年サンデー

忘れてしまいたいことがある。

忘れてしまったことがある。

思い出せないことがある。

思い出したことがある。

そして、忘れられないことがある……。


金魚鉢の底の村の、おじさんの家は、やつるぎ村のぼくの家の十倍も広い。

母屋と紙漉場《かみすきば》が二つ、それに事務所が一つ。

高い石垣の上に、村を少し見下ろしたような位置にあり、広い庭には芝生が植えられ、まさにお屋敷という感じだった。

賄いの女の人が三人いて、紙漉場で働く人も、男女を合わせて十五人近くもいたと思う。

村をとりまく山々も、おじさんの家のものだった。やつるぎ村のぼくの家を建て替えるとき、どこかの家を取り壊した廃材以外の大黒柱や壁材の竹などは、すべて、この山から切り出した。

やつるぎ村のわんぱく坊主も、ここではおぼっちゃんだ。おぼっちゃんの楽しみは、山ほどある漫画の本を、ここでは心おきなく読めることだ。

二階の端の部屋はほとんどだれも来ない。ここに漫画の本を持ち込んで、朝から晩まで閉じこもっていた。

すると、襖がいきなり開いて、勢いのいい青年が入ってきた。

「ゴロちゃんか！　大きゅうなったなあ」

そう言って、ぼくの頭をなでまわした。だれだかさっぱりわからない。

「わしや。東《あずま》」

「忘れたかもしれんな。おまえが赤ちゃんの頃……」

思い出した。幼い頃よく遊んでもらった……東兄ちゃんだ。

ぼくには、不思議なことに赤ちゃんだった頃の記憶が残っている。

たとえば、母ちゃんにおしめを替えてもらっているときの光景だ。

両足が天井の方へ持ち上げられて、心地よい開放感だった。その足を持ち上げている手と、おおいかぶさるようにして、にこにこしている母ちゃんの顔を、今でも覚えている。

中心にオルゴールがついていて、花びらのようにカラカラ回るおもちゃが、寝ている頭の上でうるさくて、泣いていたことも覚えている。


「なつかしいな。どや、今夜はいっしょに寝ようや」

「うん」


東兄ちゃんは、中学を出るとすぐに名古屋に就職し、そのあと、東京で唯一ディズニーのグッズを輸入する商社に勤めていた。何年ぶりかのお盆の帰省だ。

布団の中で東兄ちゃんは、ぼくと遊んだ頃のいろいろな話をしてくれた。

畑で遊んでいたとき、突然、熱を出して倒れたぼくをリヤカーに乗せて病院まで走った話とか、姉ちゃんにお化粧された話とか、ぼくには子守歌のように聞こえて、いつの間にか眠ってしまった。


どれくらいたったか、だれかの気配で目が覚めた。

「だれ、この子?」

「公平おじさんの子や」

「ゴロちゃん！」

「そうや……」

なんと、すぐ隣の東兄ちゃんの布団に女の人がいて、東兄ちゃんと枕を並べて寝ている。

「あっ、大きくなったね」

「あほ。さわるからや」

「………」

ぼくは、寝たふりをしていたが、また本当に寝てしまった。


あくる朝、隣の布団には、だれもいなかった。

食堂に下りていくと、ここにもだれもいない。しばらくすると、いとこの富貴子が入ってきた。

「ゴロちゃん。起きとったの。いま朝ご飯のまわし、したるでね」

なんで富貴子が、食事の用意をしてくれるんだろう？

「みんな、どうしたん？」

「……あんな……東兄ちゃんが……」

そこまで言うと、富貴子は泣き出してしまった。

「どうしたん？」

「事故で、死にかけとんねんよ」

「えっ、事故⁉」

ぼくが眠ってしまってから、東兄ちゃんは、旧友たちと、夜通し踊りあかす郡上八幡の盆踊りに車で出かけたらしい。

郡上は、金魚鉢の村よりも、さらにさらに山奥で、今では道路も舗装され行きやすい所だが、当時は街灯もない、細く曲がりくねった道を行かねばならなかった。

女三人、男二人を乗せた小さな車は、すれちがうのもやっとのカーブで、対向車をよけて崖から落ちた。

しかし、七メートル下を通っていた線路にひっかかり、谷底に落ちないで助かったのだ。

だが、横倒しになったとき、運転をしていた男の人は即死し、東兄ちゃんは、後ろに乗っていた二人の女の人に押しつぶされて、背骨を折ってしまった。一人は布団の中にいた東兄ちゃんの婚約者だった。

半年して、傷は癒えた。しかし、東兄ちゃんの下半身は麻痺したままで、生涯車椅子の生活を余儀なくされてしまった。

それからは、夏が来るたび東兄ちゃんを、思い出す。

そうなってしまってからの救いといえば、東兄ちゃんがとても明るかったことと、婚約者の典子さんが、いつも訪ねてきてくれたことだった。

ぼくが泊まる部屋のすぐ隣が東兄ちゃんが寝ている部屋で、典子さんが来るとすぐにわかった。笑い声が聞こえてくる。

ぼくは、冷たい水に砂糖を溶かせて運んでいく。


「ゴロちゃん、ありがと」

「ゴロ。おまえも飲んでけ」

「うん」

典子さんがまくわ瓜を舟形に切りながら、

「ウリ。食べてく?」

と、やさしく聞いてくれた。

「うん。あの……ぶどうも、食べていい?」

ぼくは、東兄ちゃんの部屋に行けば、お菓子や果物がいつでもあることを知っている。

「食べていいよ」

「ゴロちゃん。これ、マスカットっていうてな、いい匂いやろ」

甘い匂いがする。それは典子さんの匂いだったかもしれない。

「うん」

「ほんだけど、これは食べられへんのよ」

「そうそう。これは、匂いを楽しむだけのぶどうや」

「食べても、すっぱいだけでおいしくないんよ」

「なんや。そうか……」

ぼくががっかりすると、

「そやけど、おとなは食べられるんよ。ほれ」

「ううっ。すっぱ〜い」

と、二人で食べてみせた。

あまりの酸っぱさに、口元も目頭もキュウッとなっている。

「ゴロ、おまえも食え。食っておとなになれ」

「い、いらん。そんな怖いもん、いらん」

こんな調子で、しょっちゅうぼくは、からかわれたりした。

ときどき、典子さんは泊まっていったりもした。

そんな夜は、ぼくも東兄ちゃんの部屋でいっしょにテレビを見ていたりするが、必ず富貴子に耳をつままれて引きずり出されてしまった。

いらんお節介焼きのおなごだ。富貴子ってやつは！


東兄ちゃんの下の世話は、東兄ちゃんのおっかさんがしていた。

麻痺しているので、定期的に排泄をさせているようだった。着替えをするにも風呂に入るにも、おっかさんの手が必要だった。


いつもニコニコして、なんの苦もなく世話をしているように見えたが、このおっかさんの本当の気持ちを、たった一度だけ聞いたことがある。


月のきれいな夜、ぼくと富貴子は庭で花火をしていた。

縁側にあぐらをかいて、東兄ちゃんのおやじさんとおっかさんが、ぽつりぽつりと話していた。

「わしゃ……東が死ぬまで……死ねん」

「わしが死んだら、だれが東を看てくれるじゃろ」

「わしが死ぬときゃ、東をつれてく」

はしゃぎながら、花火を楽しむ無神経女の富貴子とちがい、ぼくは黙ったまま……。

いつもの二階の端の部屋で、富貴子と漫画の本を読んでいた。水野英子の『赤毛のスカーレット』だった。

「なんだ。これ、ジョン・ウェインの『静かなる男』と同じや」

「なあ、富貴子……富貴子」

富貴子は、うつぶせになったまま、動かなかった。よく見ると、真っ赤な顔をしている。これは、ただごとではないと思った。

ぼくは、だれかを呼ぼうと部屋を出て、階段のところまで来たときだった。

足下が、ぐるぐると回りだし、とても立っていられない。

頭ががんがん痛い。息が苦しい。とうとう踊り場に、へたりこんでしまった。


「ゴロ！　ゴロ！　どうした⁉」

階段の下で、東兄ちゃんの声がする。

「おっかさん！　おっかさん！　来てくれ。ゴロがおかしい」


それからどうなったか、あまり覚えていない。気づいたときは、ぼくも富貴子も、風通しのいい部屋に寝かされていた。

真夏の暑い日に、窓も閉め切ったまま、何時間も閉じこもっていたため、二人とも、熱射病になっていたのだ。

おっかさんが、氷やタオルで頭を冷やしてくれている。しかし、体の中の熱は下がらない。富貴子もぼくも、まるで犬のように口を半開きにして、ハァハァと息をしていた。その様子を見ていたおっかさんは、何かを決心して部屋を出ていった。

しばらくして、おっかさんは、洗面器を持ってきた。賄いのおばさんも二人いっしょだ。洗面器の中には……イチジク浣腸が二つ入っていた。

いきなり、隣で富貴子が叫んだ。
「やや～！　やめてぇ～～」
しかし、おばさんたちに押さえられ、いっきにパンツをとられて、ブッチューとばかりに、富貴子は浣腸をされてしまった。

ぼくは逃げようとしたが、おばさんが腕をつかんでいて、逃げられない。あっという間に、ぼくのパンツもはぎとられ、グニュと浣腸をされてしまった。

生まれて初めての浣腸だった。

おばさんが肛門を親指で、ふさぐようにしてグリグリともむ。

おなかの中をお祭りの御輿が通っていく。

「あ、あかん。ちびる」

富貴子はがまんして、目をかたくつむって口をとんがらせていた。ぼくも、まねをしてみたが、結果は同じだった。

「おばちゃん！　便所いぎでぇ」

そう叫ぶと同時に、おばさんたちは、ぼくと富貴子をまるで小さな赤ちゃんにおしっこをさせるときのように両足に手を入れて、大股開きにして便所に走っていった。

紙漉場のおじさんや、おばさんが笑っていた。しかし、恥ずかしいなんて考えている心の余裕はない。今にも、ロケットのように飛び出しそうなものを、こらえるのに必死なのだ。

そして、富貴子とぼくは同時に便所にほうりこまれ、事なきを得た……。

二人とも、べそをかきながら、枕を並べていた。

縁側を見ると、近所のバカがきどもが騒ぎを聞きつけて、かぼちゃ頭を並べていた。

不思議に熱はすぐに下がった。

ぼうっとした頭の中でぼくは考えていた。どうにもならない自分の体……東兄ちゃんは毎日がそうなんだ。

そして、どれくらい眠っただろう。

目を覚ますと、富貴子がこっちを見ていた。

「ゴロちゃんといると、ろくなことないね」

「おれのせえやないで」

「はじめてやわ」

「おれも……」

「はじめて見たわ」

「何を？」

「……きんたまの裏」

ぼくも、はじめて見られた。早く忘れてしまいたいと思った。

外はもう暗くなっていた。お腹も空いてきて、早くだれか来てくれないかと思っていた。

すると、富貴子が、

「ゴロちゃん。だれか来とるみたいやね。東兄ちゃんの部屋」

「……典子さんやろ」

「そやろか」


ぼくと富貴子は、這って東兄ちゃんの隣の部屋まで行った。

中から、泣き声が聞こえた。やはり典子さんだ。


「もうええって。わかっとったで」

「そやけど、ひどいわ。父ちゃんも、母ちゃんも」

「典ちゃん。そんなこと言うたらいかん」


おっかさんもいる。


「わたし、東さんとここに来るわ」

「あかん。そんなことしたら。おれは、もうじゅうぶんや。もう、ここ来たらあかんよ」

「いやや。東さん。そんなこと言わんといて」

「あかん。おれは典ちゃんにこれ以上何もでけんし、何もしてもらわんでもええ」

「帰ってんか」


バタバタと外へ駆けていく音がした。


「どうしたんやろ?」

「しっ」

えらそうに、富貴子がにらむ。


「おっかさん!」

「東……。ようがまんしたな……」

二人の声は泣き声にかわったまま、あとは言葉にならなかった。

あくる日から、東兄ちゃんは、あまりしゃべらなくなった。

車椅子をおして庭に出ても、ただぼんやりと村を見下ろすだけだった。

「ゴロ。おまえは何か好きなもんでもあるんか?」

「うん。漫画が好きや」

「ほうか。漫画か……。どれぐらい好きや?」

「ものすごー好きや。飯より寝ることより好きや」

「そんなに好きか」


しばらく沈黙して、静かに東兄ちゃんは話し始めた。

「そんやったら覚えとき。

おまえを苦しめるんは、おまえが一番好きなもんやぞ。

苦しくても、苦しくても、好きでいられたら、ほんとに好きなんや。

そやけどな、好きなもんをいつまでも、自分のもんにしとけんときがある。

そんときゃな、潔うしたらなあかん。それも、好きな証拠や」

宇宙人と話しているようだった。

「うん……。ようわからんけど覚えとく」

東兄ちゃんが、小さくなったように思えた。


その年の秋になって、典子さんが結婚することを知った。

そして、典子さんの結婚式の日。たいへんなことが起こった。

式から家族が帰ってくると、留守番をしていた東兄ちゃんの車椅子が庭にあった。

そして、東兄ちゃんは、車椅子にのって……死んでいた。

心筋梗塞だった。

典子さんは、何も知らされず新婚旅行に出かけていった。

東兄ちゃんは、何を見ていたんだろう。そこから、式を挙げている、典子さんの家が見えた。花嫁行列も見えたはずだ。

しばらくして、おっかさんが急性白血病で死んだ。まるで、東兄ちゃんと待ち合わせたかのようだった。

忘れられないことがある。

忘れてしまいたいことがある。

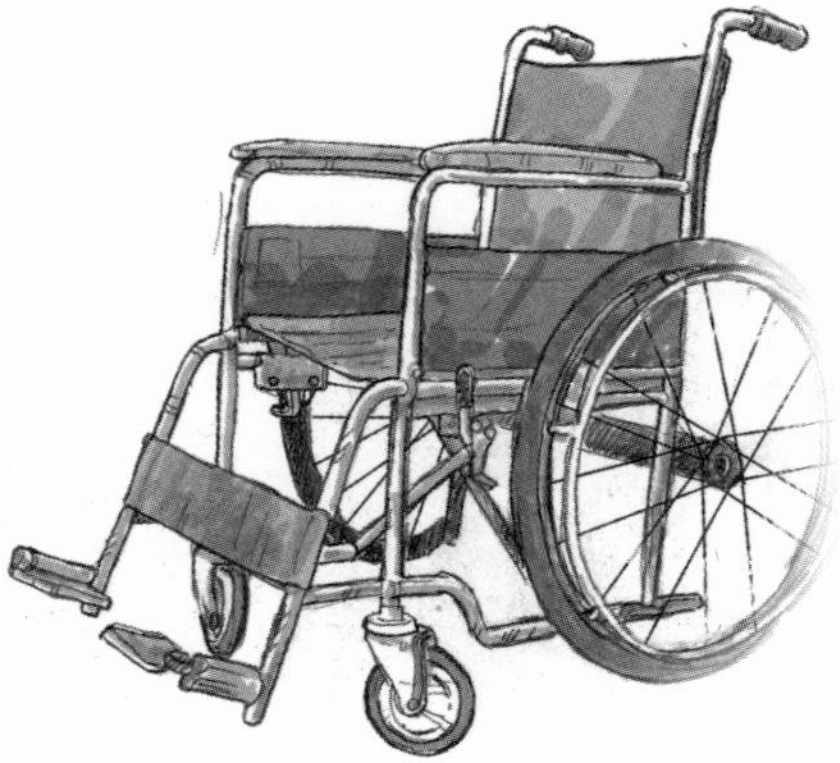

この物語はフィクションです。実在の人物や団体などとは関係ありません。

あとがき

やつるぎ村（八剣村）は、今はない。

時の流れが、人も景色も、そして記憶さえも押し流し、わずかばかりの標《しるし》を残しているだけだ。

ぼくは、ときどき、その流れをさかのぼり、水底でキラキラ光る思い出の断片を拾い上げてみる。


「やあ、ゴロちゃん。やっと会わなんだねえ」

「元気しとったかね」

「やっと思い出してくれたんか。おせえでかんわ（遅かったな）」

みんな笑顔だ。

ぼくはその笑顔をたよりに、あの日、あの時のことを思い出し、本当にあったわずかなことに、エロイムエッサイムと魔法をかけてパッチワークを縫い上げた。

それがこの『やつるぎ村』だ。

やつるぎ村の人たちは、やさしかった。
貧しい人たちは助け合い、金持ちの人たちは威張っていた。
老人たちは尊敬され、青年たちは愛し合っていたし、子どもたちは元気に走り回り、それぞれがそれぞれの役目を、ちゃんと演じていたのだ。

あの頃の人たちは、今はそれぞれの場所に逝ってしまった人も多く、友達はちりぢりになって消息さえもわからない人もいる。
そして、だれもあの頃のことを語ることもなく、記憶も失せていってしまうのだろう。
だから、ぼくは、そんな思い出の断片を、だれのためでもなく、それでも、だれかに楽しんで読んでもらうために、なんとなくそれを書きとめたのだ。

「ああ、こんな時代もあったね」

「こんな人もいたんだ」

「こんなことがあったなんて」


幾人かの人に読んでもらい、それで消えていくはずだった。

しかし、それを妻がファイルしていたのだ。

いつも、とっちらかして、物をなくしてしまうぼく。妻には感謝だ。

本当と空想（ウソ）が入り交じった、沸き立つような蜃気楼を楽しんでいただければと願う。

そして……ぼくは、今……未来に住んでいる。

山田 ゴロ
Goro Yamada

マンガ家、兼、怪談師。

本名、山田 五郎（やまだ ごろう）。

岐阜県羽島郡八剣村（現：岐南町）出身。

一九五二年一二月二三日生まれ。

高校卒業後、中城健太郎氏のアシスタント、石ノ森章太郎氏の弟子をへて、一九七二年『人造人間キカイダー』でデビュー。石ノ森章太郎原作のコミカライズを数多く手がける。

Japan Macintosh Artist Club（J-Mac）代表。公益社団法人日本漫画家協会所属、一般社団法人マンガジャパン所属、デジタルマンガ協会事務局長。

ツイッター：https://twitter.com/yukaigoro

編　集　山田みよこ
鎌田純子（株式会社ボイジャー）
デザイン　吉川進（印刷版）
丸井工文社（電子版）
校　正　吉田恵子
印刷／製本　株式会社丸井工文社
印刷版　JASRAC 出 2003051-001
電子版　JASRAC 9012122003Y37130
お問い合わせ　infomgr@voyager.co.jp
ホームページ　https://www.voyager.co.jp/

やつるぎ村——忘れたくない忘れられない物語

発行日　二〇二〇年五月三〇日　第一版
著者　山田ゴロ（文・イラスト）
発行者　鎌田純子
発行元　株式会社ボイジャー
〒一五〇・〇〇〇一　東京都渋谷区神宮前五・四一・一四
電話　〇三・五四六七・七〇七〇

Published in Japan
印刷版：ISBN978-4-86239-965-6
電子版：ISBN978-4-86239-964-9